DE
TAL
PALO

LUIS MIGUEL CORRAL RODRÍGUEZ

DE
TAL
PALO

EVOLUCIÓN FAMILIAR
VIVIDA A TRAVÉS
DE TRES GENERACIONES

© 2015 De tal palo - Evolución familiar a través de tres generaciones
© Luis Miguel Corral
© 2015 Editorial: Liber Factory
C./ San Ildefonso nº 17 28012 Madrid. España
Web: www.liberfactory.com Tel: 0034 91 3117696

ISBN: 978-84-9949-090-8
Depósito legal: M-37455-2015

Disponible en préstamo, en formato electrónico, en www.bibliotecavisionnet.com

Disponible en papel y ebook
www.vnetlibrerias.com
www.terrabooks.com

Pedidos a:
pedidos@visionnet.es

Si quiere recibir información periódica sobre las novedades de nuestro grupo editor envíe un correo electrónico a:
subscripcion@visionnet.es

PRÓLOGO DEL AUTOR

Esta historia sucede desde principios del siglo XX hasta comienzos del siglo XXI.

Narra sucesos acaecidos a lo largo de casi cien años en una familia de un pueblo ribereño del río Tajo.

Excepto los personajes principales de esta historia, el resto de nombres son inventados y por supuesto las peripecias y hechos que les suceden sean quien sean los personajes también lo son. Nada tienen que ver con la realidad, son pues fruto de mi imaginación.

Personajes que tratados desde el respeto son capaces de ridiculizarse en según qué ocasiones o hacer una mirada introspectiva para reírse de sí mismos.

Solo pequeños hechos podrían ser catalogados como sucesos reales pero los he mezclado y modificado según mi criterio en ese momento.

La intención de este libro es entretener al lector con sucesos cotidianos y cómicos que pueden suceder en cualquier familia, a la par que nostálgicos de tiempos pasados que podrían ser mejores o tal vez no.

Mi objetivo final es arrancar una sonrisa al lector, ya que se nos está olvidando reir, en un mundo en el que a pesar de que lo tenemos todo, a veces nos sentimos vacíos, y damos importancia a cosas que no lo son simplemente porque nos lo imponen. Somos esclavos del tiempo.

Yo les propongo leer, porque leer nos hace soñar, y soñar nos hace libres.

Justito nació en 1922, pero sus primeros recuerdos datan del 28, cuando siendo un crío se acercaba a la huerta de su abuela a jugar como cualquier niño de su edad, buscando saltamontes y ranas en un arroyo cercano, pero al meterse entre las matas de los tomates persiguiendo insectos y batracios, su abuela, que era de armas tomar, comenzaba a lanzar terrones para que saliera de allí pitando.

— ¡Condenado crío! — Le decía.

Y Justito tenía que salir por pies saltándose la tapia de un brinco.

En cambio recordaba a su abuelo de forma diferente, se trataba de un hombre apocado y bonachón aunque algo borrachín. Se decía que era tan bueno que pecaba de tonto.

Atanasio, que así se llamaba, trataba de enamorar a su futura mujer, Marta, con diversas acciones y echos que se le ocurrían entorno a su sombrero.

— ¡Quiéreme, Marta! ¡Que tengo gorro nuevo! — No se cansaba de repetirla.

No es de extrañar que le pusieran un mote acorde con la situación, de tal forma que Justito sería el nieto del tío gorrete.

El pueblo por aquellos entonces tenía cerca de 1.200 habitantes, lo cual no estaba nada mal teniendo en cuenta que el sustento básico de todas las familias se basaba en la agricultura y la ganadería.

Y todos, absolutamente todos los habitantes del pueblo, tenían un mote. Lo cual era de agradecer cuando te encontrabas con 25 Pedros dentro del mismo pueblo o 13 Federicos.

Justito era el antepenúltimo de nueve hermanos, por lo que sus hermanas mayores ayudaron a criarlo durante sus primeros años.

Le pusieron el mismo nombre que a su padre, porque el puñetero niño fue a nacer precisamente el día de San Justo pastor, aunque no pastoreó una oveja en toda su vida.

Hay quien piensa que realmente acertaron con el nombre, pero debieron cambiarle el santo pastor por el de Justo y cabal.

Su padre tenía una viña, de la cual sacaban arrobas de vino suficientes como para mantener su consumo durante todo el año sin necesidad de tener que ir a comprarlo fuera.

El resto del año, el pequeño Justito se empleaba en las labranzas, trillando en las eras o de criado de uno de los riquillos del pueblo, que como no podía ser de otro modo se llamaba Pedro.

Cuentan las malas lenguas que un día don Pedro iba montado en su caballo alardeando delante de la gente del pueblo, dándose importancia.

— ¡Todos los habitantes del pueblo tienen mote menos yo!

Cuando se acercó una mujer al grupo y cansada de tantas fanfarronadas le dijo:

— ¿Qué no tienes mote?

— ¡No, no lo tengo! ¡Todos los Pedros tienen mote menos yo! — Dijo Pedro dando una sonora carcajada.

— Eso es porque nadie te lo ha dicho.

— ¡No! ¡Es porque no lo tengo!

— Pues que sepas que sí lo tienes.

— ¿Y cual es si puede saberse?

— ¡Pedro catapla!

Y pegó una media vuelta con el caballo y nunca más mediaron palabra.

A Justito le levantaba su padre al ser de día.

— ¡Arriba, pincha peces! ¡Que hay que aprovechar el día!

Y Justito se ponía en marcha.

— Padre, ¿cual es la tarea de hoy?

— Hoy tengo que ir a recoger 8 sacos de harina para el panadero, pero no voy a poder hacerlo porque me ha surgido una complicación. Por tanto, te coges el carro, la mula y te vas con tu primo a recogerlo. Diles que vas de mi parte, ellos te lo cargarán.

— Vale padre.

Y Justito con diez añitos, acompañado por su primo Lorencete que tenía ocho, se montaron en el carro y marcharon a realizar el encargo.

El almacén de harina quedaba a las afueras, camino de la carretera comarcal.

Ya de vuelta, los críos iban contentos y algo despreocupados, así que la mula les jugó una mala pasada.

En una curva muy cerrada y con un desnivel de medio metro, la mula giró demasiado pronto, por lo que una de las ruedas del carro cayó al desnivel con tan mala suerte que volcó el carro.

— ¡Me cago en la madre que parió a peneque! ¡Mira que me lo advirtió mi padre! ¡Estate pendiente de la mula que tiende a cerrarse en las curvas y hoy llevas un carro enganchado!

— ¿Y que hacemos ahora Justito? Al menos estamos bien, no nos pasó nada.

— Créeme, como se entere mi padre nos pasará.

— Tenemos que enderezar el carro y volver a cargar los sacos.

— ¡Ya! Pero estos sacos pesan más de 50 kgs. cada uno y ni tu ni yo podemos con ellos.

— ¡Osti, vamos a tener suerte! Por allí viene Leoncio el boca chancla.

Leoncio era un jugador de cartas que se había afincado en el pueblo después de que la perdonaran algunas deudas de juego en la capital. Según decían las malas lenguas vino huyendo de algunos acreedores de dudosa reputación.

A los críos les pareció raro que alguien andara por el camino a esas horas y aunque el tipo no era muy de fiar se alegraron de verle por allí.

— Mirar chicos, ahora me pilláis en un mal momento porque voy camino de una partida de mus al pueblo de al lado y voy tarde, así que a la vuelta os echo una mano.

— ¡Entre los tres tardamos menos de diez minutos! — Dijo Justito.

— Sí, los que no tengo. Lo siento chicos pero esta partida es muy importante, a la vuelta hablamos.

— Sí, a la vuelta… ¡Nos cagamos en tus muelas!

Lógicamente, esto lo dijeron pensando en voz alta, cuando Leoncio ya no les escuchaba, iba ya bastante alejado de los muchachos. Y allí los dejó plantados.

— Solo nos queda echarle un par y que sea lo que Dios quiera.

Y así fue. Todavía no saben como lo hicieron pero fueron subiendo uno a uno cada maldito saco al carro aunque les costó una hora de retraso.

Al medio día se acercaba la hora del almuerzo y tenía más hambre que un milano, cosa normal, ya que se había empleado a tope en las tareas.

— ¡Madre! ¡Que tenemos hoy!

— Gachas.

— ¡Jo! Otra vez gachas.

— ¡Gachitas! ¡Qué ricas! — decía su padre.

Pero a él le daban verdadero horror, aunque se las comía porque al fin y al cabo era lo único caliente que podía meter al cuerpo.

Entonces no se ponía un plato a cada comensal, sino que se ponía la gran sartén en el centro de la mesa y se daba una cuchara a cada uno.

Se sentaban por orden de edad en la mesa y además movían la cuchara por turnos.

Padre abría turno con la cuchara y uno a uno iban cogiendo ración.

Así mismo pasaba con la bebida. Solo que se bebía de la bota de vino solo cuando padre iniciaba la ronda, y no solo la abría sino que además la cerraba.

Al que daba un trago demasiado largo en el tiempo, se le obsequiaba con un cogotazo, cosa a tener en cuenta ya que las manos de antes eran bastante rudas y callosas, nada que ver con los cogotazos del siglo 21.

Con el estómago lleno las cosas se veían con otra perspectiva más optimista y aunque la tarde se tornaba bastante fresca no sentía gran frío en el cuerpo, pero eso era algo normal con el vino que se había metido entre pecho y espalda.

Por las tardes solía quedar con sus amigos para ir a buscar nidos a la alameda.

Sus amigos se llamaban Pedro y Eulogio, pero los llamaba Perico y Ulo.

— ¡Perico, mira! Allí hay un nido de jilgueros. — Dijo Justito.

— Súbete tú, Justito, que eres el más ágil de los tres. — Dijo Ulo.

— ¿Qué tiene? — preguntaron a la vez sus amigos.

— Tres pollos, pero todavía están tripuliques. Habrá que volver a por ellos la semana que viene. — Respondió Justito.

— Bien, pues uno para cada uno. — Contestó Perico.

Lo que no sabían sus dos amigos es que en realidad los pollos estaban ya volanderos y que Justito se iba a acercar antes de caer la noche a recogerlos.

Y así sucedió.

A la semana siguiente cuando regresaron los tres al nido a observar como se encontraban los jilgueritos se llevaron una sorpresa sus dos amigos.

Justito se subió al árbol, como siempre.

— ¿Cómo están los pollos? ¿Son ya volanderos? — Dijo Perico.

— ¡Pues mala ostia chicos! ¡No están! Se deben haber ido del nido antes de lo calculado. — Contestó Justito fingiendo sorpresa.

— ¡No jodas! Es la segunda vez que calculas mal este mes. La próxima vez nos subimos uno de nosotros dos. — Exclamó Ulo.

Justito solía calcular mal cuando se trataba de jilgueros o pardillos, siempre se equivocaba a su favor, en cambio no solía marrase ni un día cuando se trataba de verderones porque no le interesaban lo más mínimo.

En otras ocasiones pasaban las tardes jugando a ver quien bailaba mejor la peonza o quien rodaba más lejos una rueda desde lo alto de una loma.

Pasados cinco años, el chaval se había convertido en un mocito y ya era tiempo de dejarse de juegos y de hacerse un hombre.

Una tarde apareció su amigo Ulo que estaba estudiando en el seminario para dedicarse al sacerdocio y decidieron dar una vuelta por las afueras del pueblo para hablar de sus cosas y recordar tiempos de infancia.

Cogieron las bicis y se fueron por la carretera comarcal que bordeaba el pueblo que por entonces estaba sin asfaltar.

Era verano y se notaba que había más tráfico que en otras épocas del año por la cantidad de camiones cargados de fruta que circulaban por allí, que venían a ser uno cada media hora más o menos.

Subiendo un tramo de cuesta hacia arriba, se dieron cuenta que eran más rápidos ellos con las bicis que los mismísimos camiones. Claro que era normal teniendo en cuenta los camiones de la época y más aun si iban cargados como era el caso.

Perico y Justito se miraron un segundo y se dijeron al unísono:

— ¿Estás pensando lo mismo que yo?

Cuando Ulo escuchó eso, sabía que no le iba a gustar lo que estaban pensando esos dos truanes.

— Vamos a ver chicos, yo no me puedo ver envuelto en líos porque me pueden expulsar del seminario y mi padre me mata. — Les explicó Ulo.

— Tranquilo tío mierda, que todavía no hemos hecho nada. Le dijo Perico.

— Bueno Ulo, Justito y yo nos hemos dado cuenta de que los camiones suben muy despacio y vienen cargados de melones.

— Me parece que no vais bien amigos míos. — Se decía Ulo a sí mismo.

— Espera, son las seis de la tarde y es hora de merendar y no traemos nada para meter en el buche. — Dijo Justito.

— Robar es pecado. — Contestó Ulo.

— Vamos a ver Ulo, no estás colaborando nada. La idea no es robar, la idea es merendar. — Le contestó Perico.

— Pero si cogemos los melones del camión los estaremos robando. — Insistió Ulo.

— Vete a la mierda Ulo, ¿no dijo Jesús que hay que dar de comer al hambriento? Pues nosotros tenemos un hambre de muy padre y señor nuestro y solo cogeremos los que nos vayamos a comer. — Le replicó Perico un tanto enfadado.

— A bueno, mirándolo desde ese punto de vista no es pecado. — Asintió Ulo.

— ¡Ah! ¡Que ahora no es pecado! ¡Qué jodío el curita! — Decía Justito con una media sonrisa.

Y así se hizo. Aparcaron las bicis en la cuneta detrás de una encina centenaria.

Justito dio una carrera y consiguió subirse a la parte trasera del camión.

Iba lanzando los melones a Perico que le seguía por el lateral y los dejaba en la cuneta, y por último venía Ulo recogiéndolos en un saco.

Así consiguieron bajar tres señores melones.

Vaya merendola que se prepararon en un momento.

— Ulo, ¿que tal está el melón? — Le preguntó Justito.

— Está bueno, ¿eh? Si ya te decía yo…— Replicaba Perico una vez más.

El futuro cura llevaba una tripa que parecía que iba a parir trillizos.

Comieron tanto que luego no podían ni coger las bicis, así que tuvieron que esperar una hora para volver al pueblo.

Al día siguiente llegaron al pueblo unos soldados de Navarra y eso solo significaba una cosa, partidazo de frontón.

El país estaba inmerso en plena guerra civil y al pueblo llegaban soldados del norte.

Entre tanto, la gente del pueblo se mantenía al margen de la contienda pero aprovechaban la situación para organizar partidas de frontón, ellos lo llamaban juego de pelota.

Según se decía los pelotaris vascos y navarros tenían fama de ser los mejores del país y por supuesto no iban a desaprovechar la ocasión de medirse con ellos.

Justito y su hermano Martín formaban una buena pareja y aunque eran bastante más jóvenes que los soldados les daban sopas con hondas a los del norte, tan buenos que decían que eran.

Martín tenía entonces 23 años y estaba en pleno apogeo, daba a la pelota con las dos manos por igual y se decía que golpeaba a la pelota con tanta fuerza que la maltrataba.

Al mismo tiempo habría que decir que el frontón no cumplía las medidas oficiales, era un frontón echo por la gente del pueblo en una esplanada con algún bachecito que otro y con un pozo en un lateral a la parte de atrás.

Justito y Martín, tan solo perdieron en una ocasión una partida que estuvo muy reñida hasta el final. La gente del pueblo disfrutó tanto y les sentó tan mal que perdieran que cogieron a los soldados contra los que jugaron y los echaron al pilón.

Al año siguiente, la guerra civil había complicado un poco más la situación en la región y Justito tenía que pasar las noches de centinela en una era de su padre.

Corría el mes de Junio y todavía estaban trillando, era un mes en el que debía mantenerse fuerte porque había que sacar todo el trabajo adelante, pero en la noche de San Juan mientras estaba tumbado en la era sobre un montoncito de paja, se le pasó algo por la cabeza.

— ¡Qué buena noche hace! — Se dijo a sí mismo.

— La verdad es que con una noche así apetece salir a darse una vuelta. — Pensó en voz baja.

Dicho y hecho. Se puso de pie en un segundo y se fue a las fiestas del pueblo de al lado tal y como iba vestido, con ropa de campo y albarcas, vamos, que parecía un gañancito.

En cuanto llegó daba el cante porque todas las mocitas iban muy arregladas pero no le importó lo más mínimo y al parecer tampoco debió importarles a los mozos del pueblo que le estuvieron invitando a beber limonada toda la noche.

Y así pasó toda la noche bebiendo y bailando en la plaza.

Ya de vuelta a la era de su padre, venía un poco cargadito porque la limonada estaba fuerte y había bebido más de la cuenta, así que vio una alberca llena de agua y decidió darse un chapuzón para despejarse. Se desnudó y se metió dentro, estaba bien fresquita, pero pronto se le subieron los colores porque vio aparecer a lo lejos alguien corriendo con una escopeta en la mano. Era el dueño de ese terreno que iba a defender su propiedad ya que existía una gran inestabilidad política y pensaba que se lo querían expropiar por la cara.

— ¡Me cago en to lo que se menea!, ¡que vienen a quitarme lo que es mio! — Exclamó el dueño, mezcla de enfado y miedo.

Pies para que os quiero. Justito salió tan deprisa de allí que no le dio tiempo ni de recoger la ropa y no paró de correr desnudo hasta que llegó a la era.

Allí tenía otra camisa y unos pantalones por lo que su padre no se enteró de todo el jaleo que había organizado la noche de San Juan.

Un hecho a reseñar sobre la situación de la guerra en este pueblo es la unión entre sus habitantes.

Al empezar la guerra gobernaba un partido conservador y pocos meses después llegó al poder un partido republicano.

Cuando el alcalde socialista se enteró que los anarquistas de la CGT que venían de Madrid, querían entrar en el pueblo a liarla parda, no dudó en coger a dos mozos que en ese momento estaban haciendo la mili y tomar cartas en el asunto.

— ¡Calixto! ¡Perfeto! ¡Coger el fusil que nos subimos al cruce de la carretera! En mi pueblo no nos matamos entre nosotros. — Ordenó el alcalde.

— ¡Lo que usted diga señor alcalde! — Asintió Calixto, que además era el hermano mayor de Justito.

— Atravesar un tronco en la carretera y apostaros en la cuneta que yo os daré la señal. Aquí me quedo esperándolos. — Volvió a ordenar el alcalde.

— ¡Señor alcalde! ¡Por allí vienen los soldados en las motos con sidecar y un camión pequeño al final! — Avisó Calixto.

— Pues agacharos que empieza la película.

¡Alto! ¡Alto ahí! — Gritó el alcalde.

— ¡Quien ha cortado la carretera! — Exclamó el sargento que encabezaba la comitiva del grupo de soldados anarquistas.

— ¡He sido yo! — Le contestó el alcalde en plan desafiante.

— ¡Y quien coño eres tú! — Le preguntó el sargento con un tono despectivo.

— ¡Que sepas que yo soy el alcalde de este pueblo! ¡ Y aquí mando yo! ¡Y para tí soy de usted! ¿Te queda claro? — Le contestó nuevamente el alcalde.

— ¡Pues ya está quitando este árbol que nos está bloqueando el paso! ¡Porque igual me cago en Dios!

— ¡Pues resulta que no me sale de las pelotas! Así que cogéis la misma carretera por dónde habéis venido y os podéis marchar a tomar por culo de aquí, porque aquí no sois bien recibidos. — Les dijo el alcalde, en lo que era ya un desafío a los soldados en toda regla.

— Mire alcalde que si incumple usted las órdenes se va a meter en un lío. — Le explicó el sargento en un tono más amable dado que no conseguía que el alcalde reculara por las buenas.

— En un lío os vais a meter vosotros como no deis media vuelta, porque tengo a dos hombres apostados detrás de vosotros y tienen órdenes de disparar a una voz mía.

¡Salir arriba que os vean! — Gritó el alcalde.

Perfecto disparó un tiro al aire y los soldados se tiraron al suelo temblando de miedo. Así que el sargento anarquista, viendo que estaban siendo encañonados con dos fusiles y que la cosa iba en serio, ordenó dar media vuelta y se vio obligado a cambiar de planes.

Cuando terminó la guerra, pusieron una calle con el nombre del alcalde como premio a la unidad y fraternidad entre los vecinos del pueblo.

Una vez terminado el verano, a finales de Septiembre, ya habían recogido toda la uva de las cepas y algunos beneficios de la venta del grano, de modo que convencieron a su padre para que ingresaran el dinero en un banco, ya que las cosas estaban un tanto inseguras tratándose de dinero.

La verdad es que les costó bastante a él y a sus hermanos convencerle porque su padre era de los de esconder el dinero debajo de la baldosa.

— Y al que entre a robarme, ¡lo sotierro!— Decía Justo padre.

Pero finalmente lograron convencerlo porque ese año habían almacenado bastante más dinero que en ocasiones anteriores y creían que en el banco estaría más seguro.

A la mañana siguiente, Justo padre y Justito junior se prepararon para visitar la capital, la gran ciudad, Madrid.

Justo padre metió el dinero en unas alforjas y se las solapó al cuerpo con una faja.

— Hijo, hay que tener cuidado con los señoritingos madrileños porque seguro que nos intentarán engañar para quitarnos los cuartos. Así que tenemos que hacer ver que no llevamos nada. — Le explicó Justo padre.

— Lo que usted diga padre. Contestó Justito.

De modo que salieron del pueblo de madrugada, cogieron el autobús, por aquellos entonces se llamaba el coche linea al amanecer y se plantaron en la capital poco más tarde del mediodía.

El ambiente era normal, todavía no se notaba tensión por la contienda bélica, en Madrid.

La gente caminaba por las calles con gran rapidez y había gran cantidad de coches circulando por las anchas avenidas.

A Justito, todo esto le impresionó bastante, se le abría la boca con todo lo que veía a su alrededor, todo le resultaba curioso y diferente.

En cambio a su padre parecía no sorprenderle nada.

— Hijo, a mí no me impresionan estos señoritos que por vivir en la capital se piensan que son mejores que los de la provincia. Como verás visten bien y huelen a colonia pero no tienen una perra gorda en el bolsillo, y si la tienen es porque se la han quitado a otro. ¡Estos gandules no saben lo que es trabajar! Así que cierra la boca y mantén los ojos bien abiertos que estos bandidos nos querrán quitar el dinero en cuanto lo huelan. Aquí hay hombres más malos que la carne de cabra. — Justo seguía en sus trece.

— Lo que usted diga padre. — Asintió Justito.

Y subiendo la gran vía, llegaron al banco. Se erguía majestuoso ante aquellos dos seres tan insignificantes.

— Hijo, ya hemos llegado. Por fin estamos seguros. — Decía Justo.

— Sí padre. Entre usted primero. — Asintió Justito.

— Espera hijo, estas puertas son muy raras, no se abren ni hacia dentro ni hacia fuera, lo único que hacen es girar cuando te acercas. — Observó Justo padre, desconfiando de las puertas giratorias.

— Padre, lo mejor es que observemos como funcionan según entra la gente. — Le propuso Justito.

— Buena idea hijo. — Le contestó justo padre orgulloso de la idea que acababa de escuchar.

Y se mantuvieron observando el funcionamiento de las puertas giratorias cerca de diez minutos hasta que estuvieron totalmente seguros que no era una trampa para robarles el dinero.

— Bueno ya lo tenemos claro, yo que soy el que lleva el dinero entro primero y tú te quedas fuera por si intentan robarme y llamas a los guardias. — Concluyó Justo.

— De acuerdo padre. — Asintió Justito una vez más.

— Voy para dentro. Pero no voy a salir en la primera vuelta para observar la cara de la gente que está dentro por si veo que algo no cuadra. — Dijo Justo, desconfiando una vez más de esas puertas giratorias que era la primera vez que veían.

Lo que no sabía es que cuando entras en una puerta giratoria solo da una vuelta y luego se para. Unicamente sigue girando si vuelve a entrar alguien más, así que se quedó atrapado dentro de las puertas giratorias.

— ¡A mí los guardias! ¡Que me quieren robar mis alforjitas! ¡Hijo llama a los guardias! — Gritaba Justo, de forma desesperada.

— ¡Guardias socorro, que nos quieren robar! — Chillaba Justito en la calle, a la entrada del banco.

La gente sorprendida por las voces, se arrimaban a curiosear.

— ¡Que nadie se acerque a mí que os inflo a palos! — Se mantenía Justo en guardia mientras la tensión y la situación del momento iban superándolo por momentos.

Justo padre que seguía atrapado dentro de las puertas giratorias abrió la navaja de los siete muelles y allí nadie trató de sacarlo hasta que no llegaron los guardias y le explicaron que nadie quería robarle, lo que sucede es que esas puertas no giran eternamente, tienes que salir en la vuelta que entras, de lo contrario te quedas atrapado.

Ya más tranquilos hicieron el ingreso en el banco y se volvieron hacia el pueblo.

Durante el camino de vuelta acordaron no contar lo sucedido, lo que no sabían es que al día siguiente todos los periódicos de la capital contaban lo sucedido:

— Un padre y un hijo de un pueblo de la provincia de Toledo mantienen a raya a todo el personal del banco de España durante al menos media hora y no hubo quien se acercara a ellos hasta que llegaron los guardias.

En fin, que la liaron bien gorda.

En el pueblo tuvieron cachondeo durante mucho tiempo.

Pasaron otro par de años y Justito dejó de ser un mozo para convertirse en todo un hombre. Ya era quinto y se acercaba su momento de hacer la mili, esto es, el servicio militar.

La guerra civil ya había terminado así que todo iría mejor para él y para los habitantes de la región en temas de seguridad aunque la comida y el dinero escaseaban.

Una tarde, estando en el campo recogiendo patatas se encontró con un guarda de la zona y estuvo charlando unos minutos con él, después se despidieron y dejó el saco de patatas allí para ir a recoger unos tomates en otra zona. Cuando volvió a por las patatas vio que el saco había desaparecido.

— ¡Me cago en ros!

¡Estoy seguro que dejé el saco de patatas aquí!

¡Claro! Aquí hay pisadas. Pues voy a seguirlas. — Se decía Justito en voz alta.

Y tras media hora de seguir las pisadas se confirmaron sus rumores. Consiguió darle alcance en lo alto de una loma.

— ¡La madre que me parió! Allí está el guarda con mi saco de patatas a cuestas.

Pues cuando termine con él le voy a dejar el lomo más doblao que una caña de bambú. — Aseguró Justito.

— ¡Pero bueno, que hace usted robando el pan de mi casa! — Le preguntó Justito al guarda en un tono retórico.

— Yo me he encontrado el saco en el suelo y lo he cogido. — Trató de explicar el guarda sin convicción alguna.

— ¿Pero no has visto que lo llevaba en las manos cuando estaba hablando contigo hace un momento?— Le contestó Justito sin dejar de mirarle a los ojos.

— ¡Pues no! debo de haberme despistado. — Respondió el guardia, bajando la mirada.

— ¡Y encima me quieres tomar el pelo!

¿Pues sabes lo que te digo? Que si no fueras tan viejo te daba de ostias hasta que se me cayeran los dedos de las manos. — Le dijo Justito mientras cerraba los puños de las manos fuertemente.

— Te faltan cojones, chaval, cojones y un par de años más por lo menos. — Le contestó el guardia aceptando el reto.

Y seguidamente el guarda le tiró un golpe con la garrota que llevaba el la mano derecha, y gracias a Dios solo le dio de refilón aunque consiguió hacerle perder el equilibrio, eso sí, en menos de dos segundos Justito se rehizo y le dio la paliza de su vida, a partir de ahí podríamos decir que lo que sucedió fue un monólogo de ostias.

Quizá se le fue algo la mano porque lo dejó tumbado en el suelo sin conocimiento. Justito se asustó bastante, tanto que corrió a contar lo sucedido a su padre.

— Padre, venga usted a lo alto de la loma que creo que he matado a un hombre. — Le explicó Justito temblando de miedo.

— ¡Pero porqué! ¿Qué te hizo? — Le preguntó Justo padre sorprendido.

— Nos robó las patatas que teníamos para comer este mes y le dí una paliza. — Le explicó Justito tratando de justificar su acción.

— ¿Entonces crees que lo has matado? ¿No sabes si lo has matado? — Preguntó Justo padre una vez más.

En ese momento se hizo un silencio de diez segundos aunque a Justito le parecieron muchos más.

El joven estaba poniéndose muy nervioso porque veía que su padre le iba a inflar a gorrazos y estaba a punto de llorar cuando llegó la sorpresa.

—Pues si es así y no estás seguro... ¡Vamos a rematarlo!

Gracias a Dios el guarda no tenía nada y cuando llegaron se aclaró todo el asunto, el problema era el que era, que había poco que comer y cada uno se buscaba la vida como podía. Lo que le molestó a Justito es que en vez de pedirle alguna patata se las robara todas pero comprendía el problema porque ellos tampoco tenían comida en abundancia y consideró que debía regalarle algo de comer para que el guarda llevara a su casa para su familia.

Desde entonces el guarda estuvo tan agradecido que le ayudara y no le denunciara que en adelante se convirtió en un gran amigo suyo.

Claro que también era algo normal, teniendo en cuenta que lo había dejado más suave que el culito de un niño.

Poco después a Justito le robaron un azadón y fue precisamente su amigo el guarda el que le orientó para seguir al que le hizo la faena.

— ¡Me han robado el azadón! ¡A estos los sigo yo hasta el fin del mundo! — Exclamó Justito.

— Pero Justito, ¿estamos hablando de aquel azadón viejo que tenías cogido al palo con dos clavos para que no se saliera? — Preguntó el guarda sorprendido.

— El mismo. Mi preferido, ya lo sabes. — Le dijo Justito.

— Pues mira, hace una hora había un tipo por la zona, merodeando por las casetas y llevaba algo en las manos que parecía un palo o un azadón pero actuaba como si fuese suyo y viniese de trabajar. — Le explicó el guarda.

— Suyo, ¡por encima de mi cadáver! Pero esto no queda así. Voy a por la bici y me lo como. — Respondió Justito con ganas de recuperarlo.

— Tiró hacia arriba pero ya sabes que te saca una hora, así que ya puedes pedalear con ganas. — Le dijo el guarda.

Así que cogió la dirección que le dijo el guardia y pedaleó pueblo por pueblo siguiendo el rastro. El ladrón estaba parando en todas las tabernas y ventas a tomarse un vino.

En el último pueblo en el que paró le dijeron que le sacaba solo cinco o diez minutos pero en el camino se encontró una bifurcación y tuvo que elegir, izquierda o derecha. Esta vez eligió mal y ya no volvió a ver más su azadón aunque anduvo bien cerca de darle alcance.

A lo tonto a lo tonto lo había perseguido a lo largo de 20 kilómetros por un azadón medio roñoso que no valía un céntimo pero eso sí, era su azadón y eran tiempos duros para todos.

Se acercaba de nuevo el verano y llegaban al pueblo grupos de actores y titiriteros que amenizaban las tardes con sus comedias.

Los muchachos jóvenes eran los que más se divertían con estas obras de teatro. Les parecía curioso su vestuario y la capacidad de retener toda una obra solo en la memoria y recitarla con aquella naturalidad.

Si para todos eran tiempos duros, para estos actores lo eran más, ya que tenían que ir de pueblo en pueblo con la casa a cuestas y no siempre les daban su recompensa al final de la obra.

En esta ocasión recitaron una obra que gustó mucho y parte de culpa la tuvo que gente del pueblo tuvo que participar en la misma, eso sí, en papeles insignificantes porque algunos actores se sintieron indispuestos.

La obra decía así:

— El gaitero, una noche oscura, una noche larga.

— Salió de la villa el gaitero con su dulce gaita.

— No sirvió que los mozos del pueblo le dijeran, por Dios, no se vaya. Que le puede coger algún lobo o le pueden pillar las nevadas.

— No me puedo quedar, contestó él. Mi esposa me aguarda, y están esperando mis hijos mi vuelta con ansia.

— Y dio media vuelta y marchó tocando su gaita.

— La noche era oscura, la noche era larga y divisó a lo lejos dos inmóviles ascuas.

— Eran los ojos de un lobo que acechando tal vez le miraba.

Tras media hora recitando el gaitero no había un alma en el pueblo que levantara el culo de la silla. Estaban todos absortos con la obra y ansiosos por saber como se las apañaría el gaitero con los lobos.

Después de todo un desenlace ya se advertía un final pero aún no estaba claro cual sería y esa incertidumbre mantenía a la gente inmóvil y en silencio.

— El gaitero rodeado de diez lobos encomendó su alma, cogió su gaita, se la echó al hombro y empezó a tocarla.

— Tocando, tocando, llegó la mañana, se hizo de día y los lobos no estaban.

— El gaitero llorando, con la frente humillada en el suelo dijo estas palabras.

— ¡Gracias dios mío! Porque hoy podré volver a mi casa, ver a mi esposa dorada, a mis hijos queridos y podré llevarles el pan que les falta.

— Hoy por fin podré abrazarlos que son lo que más quiero junto con mi hogar y mi gaita.

Entonces todo el mundo se puso en pie y comenzó a aplaudir y a deshacerse en elogios con los actores.

Les dieron una buena propina, pues la obra gustó a todo el mundo, es más, se estuvo hablando de ella días, pero nunca más volvieron a ver a esa compañía por el pueblo.

Justito y sus amigos ya eran unos hombretones y llevaban una temporada rondando a unas mocitas. Era viernes y sabían que tocaba merienda en el campo y luego baño en el río. Desde que cumplió los 17 años esperaba que llegara el viernes ansiosamente para ver a la chica que le hacía tilín.

El era un gañancito pero era más listo que muchos aspirantes a carrera universitaria y fue a fijarse precisamente en la hija del sacristán, que además hacía funciones de profesor de solfeo, de piano y también era barbero, vamos, una joya de hombre.

El padre de la muchacha no les puso pegas porque vio que a Justito no le faltaban maneras ni ganas de sacar a su hija adelante, no le importó que fuera el hijo del de la fragua, no le complicó mucho la vida pero tampoco se lo puso a huevo.

Un día que Justito paseaba con su novia Máxima, que así se llamaba, pasaron por la puerta de la tía Roberta, que la pusieron de mote la alimaña porque no era mala, era dañina.

— ¿Qué tal señá Roberta? ¿Qué le parece la novia que me he echado, es guapa verdad? — Dijo Justito en un tono presumido.

— Pues mira hijo, mona sí que es, pero me parece un poco bajita, parecéis el punto y la i. — Le contestó la tía Roberta.

Máxima no era bajita, era de estatura media, lo que sucede es que a Roberta la pusieron ese mote por algo, no por casualidad. Y claro, ella se vio obligada a responderla:

— Las esencias van en tarros pequeños. — Le dijo Máxima en plan presumida.

— Ya bonita, y el veneno también — La respondió Roberta en un tono despectivo mientras dio media vuelta y se metió dentro de casa dándoles con la puerta en las narices.

La señora Roberta tenía un pronto muy malo y parecía que disfrutaba jinchando a los demás pero en el fondo tenía un gran corazón y cuando alguien tenía un problema serio siempre era la primera en prestar su ayuda.

Entonces llegó el tan ansiado viernes y se fueron de comida al campo las familias del pueblo.

Allí sacaban las tortillas, el chorizo, el queso, el tocino y la hogaza de pan y le daban caña al asunto de comer.

Con el estómago lleno caía una siestecita de media hora, ellos lo llamaban reposar la comida, y luego todos los mozos y mozas iban a bañarse al río que estaba a un kilómetro escaso, vamos, un paseo en el que se quitaban a los padres de encima, bueno, a los padres, pero no a algunas madres que eran implacables.

En el río había dos zonas de baño, la de los mozos estaba más alejada y la de las mozas que estaba más cerca de el sitio donde comían con la familia. La zona de los mozos estaba a unos 100 metros de distancia de la de las mozas, así las madres evitaban posibles tentaciones y acercamientos sospechosos.

Justito y Máxima se conocieron gracias a que una amiga de la chica estaba enamorada de Ulo, el aspirante a cura. ¡Manda narices!

— Mira Ulo, Perico y yo le hemos echado el ojo a dos chiquitas que nos gustan mucho pero nos han dicho que tienes que venir tú también porque hay una amiga suya que le gustas tú y nos han recalcado que o vamos los tres o nada de nada. — Le dijo Justito en un tono animado.

— Sabéis que yo no puedo. Me debo a mi vocación. — Contestó el bueno de Ulo.

— Joder Ulo, está visto que no te esfuerzas ni un poquito. Sólo tienes que venir con nosotros, no hace falta que hagas nada. — Le contestó Perico moviendo la cabeza de izquierda a derecha.

— Os conozco bien y seguro que me la liáis fijo. — Dijo Ulo una vez más desconfiando de sus amigos.

— Eres un aguafiestas, te prometemos que no te vamos a dejar solo con la chica. — Le prometió Justito.

— De acuerdo, lo habéis prometido. — Contestó Ulo satisfecho.

Y así fue como Perico y Justito conocieron a sus futuras mujeres. Lo curioso fue que la chica que estaba detrás de Ulo se metió a monja unos años después. Sobre eso hubo muchas habladurías y versiones de todo tipo como no podía ser de otra manera.

Se acercaban las navidades y en el pueblo se celebraban las fiestas que hacían los mozos que eran quintos, esto es, los que se iban a hacer la mili al año siguiente.

Los mozos cantaban por las calles y salían a rondar a las mozas la nochebuena.

— Somos los quintoooos, somos los amooooos, somos los quintos que sorteamoooos. — Cantaban los quintos.

Era costumbre cortar un chopo y ponerlo bien sujeto en un agujero en la plaza del pueblo, de él se colgaban naranjas y otras frutas y regalos y cada uno mostraba su valentía subiendo al árbol a por ellos.

Los futuros quintos se pasaban todo el año buscando el chopo más alto por las alamedas cercanas, pero este año no iba a ser así.

Sucedió que un día que venían de un pueblo cercano tomaron un camino para atajar y encontraron un chopo enorme, el más alto que habían visto nunca.

Solo había un problema y ese era que el chopo tenía dueño, y un dueño duro de pelar, el más bruto del pueblo de al lado, el tío garrote.

— ¡Hey! ¿Habéis visto que pedazo de chopo? Dijo Justito, asombrado por el tamaño del mismo.

— Sí, con este triunfamos. Afirmó Perico.

— Pero si nos coge el tío garrote estamos jodidos. — Contestó Ulo, tratando de poner el punto de vista realista a la situación.

— Con todos los chopos que tiene aquí, más de treinta no creo que se de cuenta si le cortamos a ras de suelo. — Dijo Perico, aunque no muy convencido.

— No se ha visto en el pueblo un chopo igual, chicos, merece la pena el riesgo. — Aseguró Justito mientas asentía con la cabeza de arriba a abajo.

— ¿Seremos capaces de trasportarlo a hombros hasta el pueblo? — Preguntó Perico.

— Tendremos que venir todos los mozos y echarle un par. — Dijo Justito.

El día 23 de diciembre por la tarde salieron a por su chopo y vaya si fueron capaces de traerlo, hay cosas inexplicables, la ilusión y las ganas lo pueden todo.

El chopo era tan largo que no pudieron meterlo hasta la plaza porque no torcía en algunas calles y tuvieron que plantarlo en una zona próxima.

Lo malo es que aunque la chopera tenía más de treinta árboles, se llevaron el más alto y eso cantaba demasiado, y claro, el tío garrote fue afilando el cayado.

— ¡Sus voy a coger del pescuezo, sinvergüenzas! — Exclamaba el tío garrote.

— Tranquilo hombre, que no pasa nada, se lo pagamos y en paz. — Le contestaron los mozos casi al mismo tiempo.

— ¿Cómo qué? ¡Sus voy a deslomar a estacazos! — Insistía garrote.

— Venga hombre, tranquilícese, que no es para tanto. — Dijo Justito, con ánimo de llegar a un entendimiento.

— ¡Me cago en el copón! estoy muy tranquilo, mea pilas. — contestó garrote, bastante enfadado mientras golpeaba el palo contra el suelo repetidas veces.

— Ahora mismo sus voy a decir lo que vais a hacer.

Existen dos opciones, mequetrefes:

O me lleváis el árbol enterito otra vez donde estaba y me pagáis el daño o sus denuncio y luego sus deslomo, bueno no, al revés, primero sus deslomo y luego sus denuncio. — Insistía el tío garrote.

— Espérese usted que terminen las fiestas y se lo devolvemos. — Le respondió Perico con voz un tanto temblorosa debido a la presión a la que estaban siendo sometidos.

— Vale, pero entonces tenemos que meter los intereses y van a ser de órdago a grande, a chica y a pares.

Vais a trabajar para mí gratis una semana. — Les dijo garrote con una media sonrisa en la cara.

— ¡No me fastidie! — Dijo un mozo.

— Esto es lo que hay. — Palabra de garrote.

— Me parece que está usted haciendo leña del árbol caído, ¿no le parece? — Le contestó Perico.

— ¿Del árbol caído? ¡Me cago en la madre que sus parió! ¡Encima cachondeo! — Exclamó garrote mientras levantó la garrota en un claro gesto de querer atizarlos con ella.

— Vale, vale, perdone por la agudeza del comentario, aceptamos sus condiciones. — Medió Ulo tratando de tranquilizarlo.

Y finalmente pudieron celebrar las fiestas con su chopo y todo lo demás aunque esta vez la broma les salió bastante cara.

Sus recuerdos de la noche del 31 de ese año, o sea en noche vieja, era de comerse 12 aceitunas mientras que su hermano Calixto daba las campanadas golpeando un puchero con una cuchara. Por aquellos entonces no había televisores en las casas y cada uno se las ingeniaba a su manera.

— ¡Dong! ¡Y una!

— ¡Dong, dong! ¡Y dos!

— ¡Dong! Vamos con la tercera!

— ¡Dong! Cuatro patas tiene mi gato!

— ¡No nos hagas reir que nos atascamos! — Decían los hermanos de Calixto, con la boca llena de uvas a medio masticar.

Y así hasta sumar doce.

Después de las campanadas o mejor dicho, de los pucherazos se abrazaban, se besaban y salían a felicitar a los vecinos el año nuevo.

Las calles del pueblo estaban muy oscuras porque solo había tres bombillas y además no lucían como las de ahora.

Una estaba ubicada en la plaza del ayuntamiento, otra en el cruce de las dos calles principales y otra en el barrio donde había más habitantes.

Al año siguiente sorteó para la mili y le tocó en Brunete. Cuando llevaba apenas seis meses, coincidió que se casaba una de sus hermanas, de modo que aprovechó uno de sus permisos de fin de semana para regresar al pueblo para asistir a la celebración.

Coincidió en Brunete con un chico que se llamaba Román, de un pueblo cercano al suyo, como a unos 15 kilómetros, y que formaba parte de la banda de música del destacamento donde estaban destinados, así que se le ocurrió que podría contratarlo para que tocara en la boda y así dar una sorpresa a su hermana.

Llegó el sábado de madrugada y salieron los dos en una moto con dirección al pueblo.

Cogieron sus macutos y metieron lo imprescindible, entre lo que estaba por supuesto la trompeta del músico.

Las carreteras no eran muy buenas pero no encontraron apenas tráfico de camiones y cuando llegaron a algún camino estos estaban bien secos y no encontraron complicaciones, por lo que llegaron a la región antes de lo que esperaban.

El viaje había sido largo pero cómodo y faltaban dos horas para que la boda diera comienzo cuando a Justito se le encendió la bombilla.

— Digo Román, que estamos ya a diez minutos del pueblo y quiero tener el gusto de convidarte a un vinito por este detalle de venir a tocar a la boda de mi hermana. — Le dijo Justito

— Pues yo te lo agradezco. — Contestó Román.

— Vamos a parar en este pueblo, que una vez me vine de chico estando en la era de mi padre, yo solo por la noche, vamos, una historia para contar y recordar. — Dijo Justito mientras esbozaba una sonrisa recordando aquel día.

— Ves pidiendo dos chatitos de vino en la barra. — Dijo Román.

Cual fue la sorpresa que resulta que el músico se encuentra a un primo suyo que era de ese pueblo y los invita a otro vino y claro, ellos tienen que devolverle el convite.

— ¡Y pon otros tres vinos! Que una hermana solo se casa una vez.— Decía Justito, contento y eufórico por la situación.

Y a ese vino le siguió otro, y al otro, otro.

Cuando se dieron cuenta ya iban con la hora un poco ajustada y un poco contentillos.

Se subieron en la moto y como iban los dos algo perjudicados, se jugaron quien conducía a pares o cojones. Ganó el músico.

Justito no rechistó porque sabía que así le daría el aire de frente al músico y podría despejarse antes de llegar a la boda, porque si no le aterraba el panorama:

— ¡Hay que ver! Llegas tarde a la boda de tu hermana y con un músico borracho. — Diría Justo padre.

— Mejor no pensarlo y que le de bien el aire, me cago en todo. — Pensó Justito en voz baja.

Y allí se presentaron en la boda, tarde y con un contentillo especial pero todo salió bien porque la brisa del día en la moto los despejó milagrosamente.

Pasados un par de años al que le tocó comprometerse fue a Justito y un año después del compromiso se casó con Máxima.

Justito por fin pasó a llamarse Justo, se lo había ganado.

En su boda todo fue normal, no se lió nada excepcional ni hubo sobresaltos.

Comieron cordero y bebieron vino, todo normal.

Por entonces su amigo Ulo ya oficiaba misas en pueblos de la zona de la Vera y Perico todavía no se había casado, por tanto seguía golfeando con los mozos de su quinta, cuando le dejaba la novia, claro está.

Una vez a Perico y compañía se les ocurrió llevar a una mujer de vida alegre al pueblo para apagar el fuego de los mozos que estaban sin compromiso y decidieron alojarla en la casa de uno de ellos a cambio de un porcentaje de lo que recaudara.

El problema fue que no solo la visitaban los mozos sino que también se escapaba a visitarla algún que otro comprometido y la chica tuvo que salir por pies ante la furia de las mujeres del pueblo.

Pero hubo otro problema más gordo todavía. Y ese fue que a todo el que se acostó con la moza de vida alegre se le puso el pelo blanco. Así que no hizo falta preguntar quien estuvo con ella, saltaba a la vista.

— Con que tú no necesitabas pagar para estar con una mujer, ¿eh? Se coge antes a un mentiroso que a un cojo. — Le decía un vecino a otro.

— ¡Que no, joder! Que lo mío es genético, todos mis antepasados tienen el pelo cano. — Le contestaba el otro.

— ¡Sí, ya! Pero no de un mes para otro. — Le respondió el primero.

El problema lo tuvo para explicarlo el tío cano, que no había hecho nada el hombre.

Pero no fue para tanto porque todos sabían perfectamente quien había puesto un pie en la casa, y más siendo los vecinos de la casa la tía escucha y el tío vigila, los más cotillas del pueblo.

La vida de Justo cambió notablemente una vez casado con Máxima ya que sus responsabilidades eran mayores.

Su vida se resumía en trabajo, trabajo y más trabajo, además sus padres eran cada vez más mayores y eso suponía estar pendientes de ellos.

Aún así, el domingo, el día del señor, después de la comida caía la partidita de mus con los amigos.

Eso era sagrado.

Pero antes de eso caía una siesta de las de cama y orinal.

Su pareja de mus era el pelao y solían ganar muy a menudo pero alguna que otra vez les tocaba morder el polvo.

— Mus.

— ¡Háblate, no hay mus!

— Paso a grande.

— Ala.

— Paso a chica.

— Se fue.

— Pares llevo.

— ¡A pares tres!

— La mano de un gato.

— Se ven siete.

— Juego sí.

— Y yo.

— Un envite es un convite.

— Cinco más.

— ¡Órdago!

— ¡Quiero!

— ¡Pierdes!

— ¡Me cago en la madre que parió a peneque, pelao! ¿Por qué me haces la seña de 31?

— Justo, no era una seña, he cerrado el ojo porque se me ha metido algo dentro.

— ¡Pues en que hora! Nos toca pagar los chatos de vino. — Dijo Justo con un tono de resignación.

Y así todos los domingos.

Hay que aclarar además que a cada frase de cada uno le seguía un golpe en la mesa a mano abierta digno de un karateca profesional, ¡qué manera de golpear las mesas! Menos mal que eran de las de antes, macizas, que si no...

Con 24 años Justo disfrutó de la paternidad. Su mujer y el tuvieron mellizos. Primero nació un niño y luego una niña.

— ¡Habéis tenido un niño guapísimo! — Dijo la matrona.

— Pues sí, si que es verdad. — Dijo la familia de Máxima.

— Vamos a limpiarlo todo que ya hemos terminado. — Insistió la matrona.

— ¡No, espera! — Rectificó.

—¿Qué pasa ahora? — Contestó la familia contrariada.

— Pues pasa…¡Que viene otro en camino! — Dijo la matrona, mientras se puso de nuevo manos a la obra.

— ¡No me lo puedo creer! — Dijo la madre de Máxima sorprendida.

Y así salió la niña.

Esos dos críos cambiaron bastante la forma de ser del señor Justo, le convirtieron en una persona más tranquila y afable, aunque cuando le daba el nervio seguía siendo ingobernable.

Ese mismo año se hizo en el pueblo más grande de la comarca una feria para promover la venta de productos de la zona y por la tarde a alguien se le ocurrió hacer un concurso de feos y posteriormente un baile.

La gente del pueblo enseguida fue a buscar al tío cara perro para informarle del concurso, ya que daban de premio un jamón al vencedor del mismo, y en aquellos tiempos un jamón era un premio muy suculento que podían comerse todos en la plaza del pueblo a la salud del vecino poco agraciado físicamente.

No hace falta decir que el tío cara perro era feo de narices, bueno, de narices, de hocico y de todo.

Al tío cara perro lo acompañó el alcalde del pueblo en representación de todos los vecinos, y nada más llegar a la feria se dio cuenta que ganar el concurso no iba a ser pan comido.

— Esto va estar jodido amigo mío. Aquí hay mucho nivel. — Dijo el alcalde, asombrado por la cantidad de gente que había allí.

— Lo que te digo, que al final nos volvemos sin el jamón. — Le contestó el tío cara perro.

— Aquí te digo yo que hoy ligas y todo al lado de ese. — Respondió el alcalde sin dejar de mirar a los participantes del concurso.

Efectivamente las cosas no fueron tan fáciles como creyeron días antes.

Había veinte concursantes inscritos.

En el primer corte pasaron diez y no tuvo problemas para acceder al mismo, pero luego se vio negro para pasar a la final, ganó al tío chepa por 2 votos de diferencia nada más.

— Señores, estamos en la gran final, ¿Quién se llevará el jamón? — Hablaba el presentador del concurso.

— Según el jurado, el tercer puesto es para el tío cara perro, de la zona de la vega del Tajo.

— El segundo puesto es para el tío simio de la zona de la Sagra.

— Y el ganador del concurso es el trol, que bien podría venir de cualquier cueva de la zona pero viene de los montes de Toledo.

La feria fue un éxito porque se preveía que iba a concentrar únicamente a gente de la comarca y finalmente reunió a habitantes de toda la provincia.

Nuestros amigos se tuvieron que conformar con el tercer puesto y una gallina de consolación. Por lo tanto no hubo fiesta ni convite a su regreso.

Unos años más tarde, Justo compró algunas tierras y cuando llegó el verano se dio cuenta que necesitaba más agua de la que tenía para sacar los frutos adelante, por lo que se vio en la necesidad de hacer un pozo adicional.

Para ello contrató al tío palique, al cual no le llamaban así porque hablara mucho sino porque buscaba el agua por medio de un palo en forma de Y.

En un principio no se fiaban mucho de él pero posteriormente se ganó el respeto de todos los vecinos porque el jodío palique acertaba siempre con la situación del agua, nadie sabe como porque no soltaba prenda de sus secretos pero no fallaba nunca.

— Vamos palique, llevamos media mañana y todavía no te ha dado el baile de San Vito. — Le dijo Justo.

— ¡Calla, copón! No me distraigas. — Le contestó Palique.

— Lo que te digo. Que hoy no comemos. La una y sin comer. — Se quejaba Justo.

— ¿Cuándo he fallado? Relájate hombre. — Le replicaba Palique.

— Ya, es que se acerca la hora del almuerzo y ya sabes que me pongo nervioso si no como a mis horas. — Se volvía a quejar Justo mientras no dejaba de moverse en círculos pequeños y sin dejar de mover los brazos hacía arriba.

—Si ya sé, que te tenían que haber puesto de nombre Justo y cabal. — Le dijo palique con rintintín, cansado ya de las quejas.

— Perdona. — Dijo Justo, sabiendo que metiendo prisa no iba a solucionar ningún problema.

— ¡Mira, ya lo tengo! ¡Mira como se mueve el palo! — Señaló palique.

— ¡Si no lo veo no lo creo! — Exclamó Justo con los ojos a punto de salirse de sus órbitas, con las dos manos sujetándose la cabeza.

— Empieza a cavar aquí, que a metro y medio como máximo tienes agua. — Señaló palique con un tono de satisfacción.

Y así fue. A un metro aproximadamente encontró una vía donde manaba un chorrito de agua y algo más abajo encontró otras dos vías más, con lo cual se le quedó un pozo bastante hermosote.

Una vez que tenía el pozo terminado, tuvo que hacer una alberca en lo alto del cerro, de modo que el agua del pozo lo dirigía a la alberca y desde la alberca regaba todos los árboles que había hacia el valle.

Para la construcción de la alberca ya correteaban los mellizos por el campo y le acercaban los ladrillos uno a uno para colaborar en la obra.

Una vez terminada, Justo introdujo a los críos dentro de la misma y les invitó a que firmaran en la pared interior poniendo sus nombres y la fecha del evento.

Con el tiempo, Justo se hizo con un par de fincas en propiedad, con el inconveniente que estaban algo alejadas del pueblo y no tuvo más remedio que hacerse una casa provisional en el campo que cumpliera las necesidades básicas de la época, mientras ahorraban para poder hacerse una casa en condiciones en el interior del pueblo.

Esta casa en el campo, además de facilitarle las labores agrícolas, le ahorraría desplazamientos y tras pensarlo muchas veces llegó a la conclusión de que sería la mejor solución aunque a ninguno le agradaba la idea de pasar unos años viviendo en medio de la nada, en especial a su mujer, que nunca había saboreado las tareas del campo.

Al poco tiempo las fincas empezaron a dar su rendimiento y coincidió con la época en que los críos comenzaban a echar una mano en las tareas agrícolas.

Recién levantados eran los encargados de poner una hoja de higuera en el fondo del cubo para que los higos no se quedaran pegados al mismo.

Aunque no era mucho porque eran todavía muy pequeños, cualquier ayuda era de agradecer, todavía eran tiempos duros.

Y todos los días al medio día se sentaban en la puerta de la casa a esperar al cartero que traía el correo de Madrid con las noticias del precio de la fruta.

Era como un ritual.

— ¿Hoy tenemos carta, señor cartero? — Preguntaba Isabelita.

— Espera que mire…Sí, hay carta, ¡toma! — Respondía el cartero.

— ¡Bien! ¡Que contento se va a poner padre! — Aseguraba Isabelita, orgullosa.

— ¿Y que tal se dio, niña? ¿A como viene hoy la fruta? — La preguntaba el cartero.

— A cuco. — Respondía Isabelita.

Isabelita quería decir a duro y el cartero lo sabía pero siempre se lo preguntaba porque le hacía gracia su contestación, le parecía muy simpática.

Unos años más tarde, los niños ya contaban con ocho añitos y Justo había comprado una bicicleta para que asistieran al colegio todos los días por la mañana.

Los levantaban temprano, antes de ser de día y mientras desayunaban iba amaneciendo.

Entonces Justo se iba a sus tareas y los niños cogían la bici y se hacían tres kilómetros hasta que llegaban a la escuela.

Primero se montaba Juanito, que así se llamaba el varón, y era el que pedaleaba, y en la parte posterior se situaba Isabelita.

Su madre los preparaba un zurrón con el almuerzo y salía a despedirlos hasta que la bicicleta se ocultaba entre las encinas del camino.

— Juan, pedalea más fuerte que a este paso vamos a llegar tarde — Le decía Isabel.

— Hago lo que puedo, si no estás conforme nos podemos turnar. — Respondía Juanito.

— Sabes que yo no puedo contigo, pero no aflojes. — Le contestaba Isabelita, conocedora del mosqueo de su hermano.

Juanito era el hombrecito de la casa e Isabelita el ojito derecho de su padre.

Antes de empezar el curso, Justo le dio unas normas a su hijo Juan que debía cumplir a raja tabla.

— Mira hijo, puesto que tú eres el hombrecito de la casa debes de cuidar de tu hermana y procurar que no le pase nada malo.

— No se preocupe padre, puede estar tranquilo. — Respondía Juanito sacando pecho.

— Con esto quiero decirte que estés muy pendiente y no la pierdas de vista. ¿Has comprendido? — Le recalcaba Justo una vez más.

— Siiiii padre. Estaré pendiente.

Y así todos los días cogían su bicicleta y hale que iban al pueblo a la escuela.

Algunos días después de clase iban a visitar a sus abuelos que vivían cerca de la plaza del pueblo y se quedaban a comer con ellos.

Sus abuelos ya comenzaban a estar mayores.

— Hija, cántame una coplilla.— Le decía el abuelo.

E Isabelita se ponía a cantar como los ángeles.

— ¡Hay que ver que bien canta esta niña! — Decía su abuelo Justo.

— Y tú hijo, ¿que tal llevas el colegio? — Le preguntaba la abuela Amparo a Juanito.

— Bien abuela, bien, saco buenas notas. — La respondía levantando la cabeza.

— Así me gusta, quiero presumir de tener un nieto que le pongan sobresaltante en todas las materias.

— Sobresaliente, abuela, sobresaliente.

— Bueno, eso mismo. — Decía la abuela con voz suave y mirada tierna mientras esbozaba una sonrisa.

Los abuelos no ocultaban el cariño y la simpatía por sus nietos.

Mientras que el abuelo tenía una gran simpatía por la niña, la abuela se decantaba más por al niño.

Los abuelos contaban ya con veintidós nietos y aunque Juan e Isabel eran adorables, no estaban entre sus favoritos. Eran demasiado pequeños todavía.

Dos años después, los niños continuaban visitando a los abuelos y aprovechaban para merendar allí siempre que podían.

— Hola abuela, ¿me das de merendar? — Decía Isabelita nada más traspasar la entrada de la casa mientras atravesaba corriendo todo el patio.

— ¿Qué quieres, niña? — Decía su abuela Amparo.

— Pan con chocolate. — Respondía Isabelita.

— Sí hija mía. Pero ven, siéntate aquí, en mis rodillas.

— Sí abuela.

— ¿Qué tal los chicos? ¿Te gusta alguno en la escuela? — Trataba de indagar la abuela.

— Pues no abuela, son todos muy feos. — Respondía Isabelita, mostrando cierto desinterés por la pregunta.

— Todos no hija, porque tu primo Deme es bien guapo. — Insistía su abuela.

— De guapo nada abuela, parece un rinoceronte.

— ¿Será posible lo que le acaba de llamar a su primo? — Exclamó su abuela en tono disconforme con la respuesta de la niña.

— Pues sí abuela, igualito, solo le falta el cuerno en el hocico. — Respondió Isabelita segura de lo que contestaba a sabiendas que a su abuela no le gustaría oirlo.

No hace falta decir que su primo Deme sí estaba entre los favoritos de los abuelos y este percance por tonto que parezca supuso que no subirían más escalafones en la escala del cariño.

A la vuelta, de camino a casa Juanito e Isabel discutieron por el percance en la casa de los abuelos.

— ¡Pero como se te ocurre llamarlo rinoceronte! — Dijo Juanito, asombrado.

— Porque se parece, o ¿no tengo razón?

— Sí, si que la tienes, pero ya verás cuando abuela se lo diga a tía y tía le diga a padre lo que piensas de su hijo.

— Déjame en paz o me bajo de la bici. — Respondió Isabelita cansada ya del mismo tema.

— Te dejaré en paz cuando termine. — Replicó Juanito en plan hermano mayor.

Y Juanito siguió con su tema y dando pedales sin darse cuenta que en la bicicleta ya no iban montados los dos, porque Isabelita se había bajado de un salto cansada de escuchar la reprimenda.

En ese momento estaba cabreada con su hermano y rompió una de las normas que le dio su padre.

— Hija mía, nunca, repito nunca, te montes con nadie que no sea tu hermano. — Palabras textuales de Justo.

Pero en ese momento estaba tan cabreada con el mundo que actuó sin pensar. Y que casualidad, pasa un camión y viéndola sola se para a su altura.

— ¿Te has perdido bonita? — Preguntó el camionero.

— Pues no mire usted pero si va hacia el cruce me puede dejar en la casa que hay cerca del camino.

— ¡Anda, sube que te llevo!

Y allá que fue.

No tardaron en llegar a la altura de su hermano, que seguía echándole la bronca al viento.

— Mira niña, ese tonto en la bici va hablando solo. — Dijo el camionero mientras soltaba una carcajada.

— ¿Puede pitarle usted? Es que le conozco. — Le dijo la niña, imaginando la cara que pondría su hermano al verla montada en el camión.

Y efectivamente, cuando Juanito vio a su hermana montada en el camión, le recorrió un escalofrío por todo el cuerpo.

— ¡No puede ser! ¡No me jodas! ¡Mi padre me va a matar! — Gritó Juanito con la cara desencajada y pálido como la pared.

— Adiós Juan, nos vemos en casa. — Le saludó Isabelita desde el asiento del copilo, moviendo la mano derecha y sin dejar de sonreir.

Y Juan pegó un esprint que ríete tú de los del tour de Francia. Solo le faltaba la pegatina de la llama en el chasis. Pensaba que si llegaba al mismo tiempo que el camión, su padre no le echaría la bronca por el descuido.

Afortunadamente para él, la casa ya quedaba cerca y llegaron a la par.

— ¡Isabel! Que sea la última vez que me lías una de estas. — La dijo con un gesto de enfado bastante visible.

— Tú te lo has buscado hermano. — Le respondió la niña, dando media vuelta y dejándole con la palabra en la boca.

A la semana siguiente la madre de Deme coincidió a la salida del colegio con los dos hermanos y les dijo:

— Ya me he enterado de lo que ha pasado con los abuelos.

Os parecerá bonito llamar rinoceronte a vuestro primo.

— Pues ya ve, tía, son cosas que se escapan y salen así. — La dijo Isabelita mientras intentaba escapar de las garras de su tía.

—Ya podríais ser tan listos y fuertes como él, y además después del colegio se va al campo a ayudar a su padre, hay si aprendierais de él.

— ¿A ayudar a su padre? ¡Diga mejor que va al campo a mancharse las albarquitas! — La contestó Juanito intentando defender a su hermana.

— ¡Menuda boquita que tienen los niños! Pero descuidad que vuestros padres se enterarán de esto.

Otros dos años después los niños contaban ya con doce de edad y su abuelo estaba muy enfermo, hasta el punto que un día vino alguien a avisar a Justo que su padre estaba en las últimas.

Justo cogió a su mujer y a los niños y se subieron tan rápido como pudieron al pueblo.

Al llegar a la casa de su padre se encontró con todos sus hermanos y con un panorama de tristeza absoluta.

Aunque Justo padre sabía que se estaba muriendo no perdió nunca su ilusión por la vida.

Meses antes el médico le recetó unas pastillas para su enfermedad y casi se las tira a la cabeza.

— ¡Vamos a ver! ¿Esto me va a curar? — Preguntó Justo el abuelo.

— Probablemente. — Aseguró el médico.

— Usted sabe tan bien como yo que me voy a morir igual. Una semana más tarde, un mes quizá pero me muero. — Le contestó Justo el viejo al médico.

— ¡Qué hombre más cabezota! — Le contestó el médico con un tono de frustración mientras le agarraba del antebrazo.

— No lo sabe usted bien. — le dijo al médico la abuela Amparo.

— Llévese sus pastillas doctor porque no las quiero.

Me iré de este mundo cuando Dios quiera. — Dijo Justo el abuelo. Después invitó al médico a irse por donde había venido, agradeciéndole su visita.

Y así pasaron las semanas hasta el fatídico día en el que Dios dispuso llevárselo, el 23 de Enero, día de San Ildefonso.

— Hija, Isabelita, ya estás aquí, ¡cántame algo!

¡Flamenquito, como tú sabes! — Le suplicó el abuelo.

— Pero abuelo, no puedo cantar, estoy triste.

— Quiero irme al otro mundo escuchándote cantar. — Volvió a insistir.

Isabelita hizo de tripas corazón y cantó como pudo, que no era poco aunque dada la situación no le salió ni mucho menos bien pero eran los últimos deseos del abuelo.

Se puede decir que el abuelo se fue contento porque vivió como quiso y una vez más, lo último que hizo, que fue morirse, también lo hizo a su manera, en su casa, rodeado por sus hijos y nietos y cantándole Isabelita, en fin, genio y figura hasta el final.

Dicen que en el momento de leer el testamento, la persona encargada de hacerlo, preguntó a los hijos si estaban de acuerdo con lo que les había tocado.

— ¡Ah, no! ¡Yo no estoy de acuerdo! — Dijeron algunos.

— Esperen señores, que todavía no he terminado de leer.

En caso de que alguno no esté de acuerdo con el reparto, su parte pasará al resto de los hermanos y se quedarán sin nada.

¡Ostias Pedrín! Allí se hizo un silencio y los que antes saltaron se la tuvieron que envainar.

Con catorce años Juan estaba ya crecidito pero Isabelita tenía aspecto de tener menos años de los que realmente tenía, en parte porque no comía mucho.

A decir verdad nunca tenía apetito, y además se las ingeniaba para escabullirse a la hora de las comidas.

— Comeros los huevos con chorizo que están muy ricos. — Decía su madre, Máxima.

— Ya, pero es que a mí no me apetecen. — Contestaba Isabelita.

— Pues haces un esfuerzo hija, que vas a caer enferma de lo delgada que estás.

De modo que cuando su madre se daba media vuelta y se marchaba a la cocina, Isabelita trazaba su plan.

— Juan, cómete mi huevo.

— ¡Ni hablar! Yo me he comido el mío y ya no me cabe más.

— ¡Cómete mi huevo o le digo a Padre que fumas!

— ¡Vale! Me has convencido, pero que sepas que esta escusa ya no te vale para la próxima vez, tendrás que chantajearme con otra cosa, ¿de acuerdo?

— Comprendido.

El caso es que siempre se las ingeniaba para comer menos que los demás.

Y debido a esos trastornos alimenticios tenía un pequeño retraso en el crecimiento, además era más propensa a caer enferma y cuando enfermaba lo acusaba más que el resto porque tenía pocas reservas de donde tirar.

En esta época Justo y Máxima ya tenían levantada su casa en el pueblo, la cocina terminada y las camas montadas.

Así que cuando llegó el invierno estrenaron la casa que tanto esfuerzo les había costado.

Con dieciséis años Isabelita moceaba con sus primas que eran mayores que ella y comenzó a fijarse en los chicos.

Por el contrario Juanito era más sociable y se juntaba con cualquiera que buscara compañía, fuera primo suyo o no.

Mientras que Juan buscaba novias fuera del pueblo y le conocían en toda la comarca, Isabel era más tímida y reacia a salir del pueblo.

Por casualidades de la vida, se fue a fijar en un chico cuatro años mayor que ella, que era el nieto de aquel famoso Pedro que iba montado en el caballo.

Y por casualidades de la vida ella era nieta de aquella mujer que le puso de mote de Pedro catapla. Esa mujer era la madre de Máxima.

El muchacho en cuestión se llamaba Elías y era muy valiente en todos los sentidos, igual que su padre, aunque tenía menos nervio que él.

El abuelo de Elías en cambio lo que tenía era una buena cabeza y dinero para llevar a cabo sus ideas, aunque realmente la dueña del dinero era su mujer.

La diferencia entre los abuelos de ambos era que mientras Pedro trabajó hasta que se murió porque no se fiaba de los que venían detrás, Justo dejó de trabajar al cumplir los 45 porque repartió el trabajo entre sus hijos.

A partir de ahí, Justo no dio un palo al agua y se dedicó a jugar al mus en la taberna y a tomar chatos de vino y cazaya.

Dicen que el padre de Elías, Fermín, de mote el tío Benero, también era de mano rápida igual que Justito.

Por lo visto fue famosa la ostia que le dio al tío conejo por tirar a su padre del caballo después de haberle advertido varias veces.

Fermín nació en 1911, el día de San Fermín, como no podía ser de otra manera. Tenía pues 11 años más que Justito.

Pedro y Justo padre ya rivalizaban por quien se quedaba con la alcaldía del pueblo.

Eran capaces de quitársela el uno al otro dos veces consecutivas en un año siendo del mismo partido. Llevaban una rivalidad un tanto extrema y a la vez absurda.

Una mañana llegando el verano, Justo se levantó con la tarea de ir a comprar una goma de riego a Talavera porque se acercaba la época de recolección y las gomas de años anteriores estaban picadas y con demasiadas fugas.

— Isabel, ¿has desayunado ya? — Preguntó Justo.

— Si padre.

— ¿Y tu hermano?

— Mi hermano también.

— Ya, pero que por donde andará este golfo.

— Pues creo que se fue con sus amigos a no se qué asuntos que tenían que arreglar.

— Ya, ya. Pues, ¿sabes que te digo?

Que te vienes conmigo a Talavera de compras mientras tu madre prepara la comida. ¿Qué te parece?

— Vale, me apetece mucho pero si me compras algo. — Dijo Isabelita, sabiendo que no hacía falta ni decirlo.

— Eso está hecho.

Así que Justo se cogió la vespa, montó a Isabel y se fueron con viento fresco a pasarse una mañana de compras.

Enseguida llegaron a la ferretería y encargaron la goma.

Hecha la tarea principal, les quedaba media mañana de andorretear por todas las tiendas.

— Padre, vamos a entrar en esta.

— ¿En esta tan grande? — Señaló Justo.

— Sí, en esta, que tienen unos vestidos muy chulos.

— En qué les puedo atender? — Les preguntó la dependienta que enseguida fue a recibirlos.

— Pues mire quiero el vestido más bonito de la tienda para mi hija, sin reparar en gastos.

— Pues que así sea, señor, aunque se puede quedar tranquilo porque los vestidos que tenemos en la tienda no son excesivamente caros.

— Quiero probarme este, el que tiene el cinturón a juego. — Dijo Isabelita, impaciente por vérselo puesto.

— No la queda nada mal pero quiero que te pruebes este otro que es una monada. — Les dijo la dependienta mientras lo sacaba de la percha.

— ¿Qué te parece? — La preguntó Justo a su hija.

— Genial pero es un poco corto. ¿No padre?

— Pues la verdad es que sí, pero te queda muy bien.

Hija, ¿Te gusta a ti?

— Sí, papá, mucho.

— Pues no se hable más, nos lo llevamos y puesto.

—¿Puesto? ¿En la moto? — Preguntó Isabelita sorprendida.

— Sí, quiero que cuando entremos por el pueblo todos miren lo guapa que vas.

Así que pagaron el vestido, y se montaron en la moto de vuelta al pueblo.

La sorpresa se la llevaron cuando llegaron a casa.

— ¡Madre, mira que vestido más bonito hemos comprado. — Dijo Isabelita a Máxima, nada más entrar por la puerta de casa.

— ¿Que tú la has comprado ese vestido tan corto? — Dijo Máxima mientras miraba a Justo de reojo.

— Mujer, tampoco es tan corto. — Dijo Justo, agachando la mirada, como asumiendo la derrota.

— ¿No te parece corto por encima de la rodilla? — Insitía Máxima.

— Bueno, un poco por encima, pero ya verás como la miran.

— Pues ese es el problema, que todos la van a mirar y no quiero tonterías. — Justificó Máxima.

— Bueno mujer, tampoco es para ponerse así.

— ¿Qué no es para ponerse así? Ahora mismo os subís en la moto, volvéis a la tienda y descambiáis el vestido.

—Pero mujer.

— ¡Ni mujer, ni leches, aquí no come nadie hasta que no se devuelva el vestido!

Lo que sucedió a continuación lo puede intuir el lector.

Efectivamente Justo e hija se volvieron a montar en la vespa y devolvieron el vestido, bueno, a decir verdad lo descambiaron por el que llevaba el cinturón a juego.

Dios te libre de la ira de una mujer cabreada, pensó Justo.

Corría el año 1971 y estaban de moda los guateques.

Los mozos del pueblo habían organizado un guateque en un local vacío que había cerca de la plaza del ayuntamiento para celebrar que ese mismo año llegarían a la mayoría de edad, los tan ansiados 18 años.

Por aquellos tiempos Juan y Elías ya se habían echo buenos amigos aunque Elías le sacaba a Juan un par de años.

El hijo del alcalde se encargó de buscar la música y el hijo del dueño del bar se encargó de las bebidas alcohólicas.

Sapín le llamaban al hijo del alcalde y el chico del bar se llamaba Enrique.

— Enrique, espero que consigas sacar unas cuantas botellas de whisky y otras tantas de tequila, porque este fiestorro tiene que ser total. — Comentó Sapín mientras se frotaba las dos manos.

— Déjalo en mis manos Sapín, ya las tengo preparadas.

Preocúpate tú de que haya buenos discos para ver a las nenas mover el esqueleto.

— Por allí vienen Elías y Satur.

Vamos a ver cuántas chicas han confirmado que vienen. — Preguntaba Enrique con risa nerviosa.

— ¿Qué tal va todo? ¿Está montado ya el tocadiscos y la barra? — Dijo Elías.

— Todo listo. ¿Con cuanta gente contamos? — Preguntó Enrique otra vez.

— En total vamos a ser veintiocho personas.

Vienen todos los mozos excepto Julio que no le deja su padre y hemos invitado a las mozas de todos los alrededores.

— Dieciocho en total, no está mal. — Pensó Enrique.

— Eso quiere decir que tocamos a más de una por cabeza.

No podemos fallar compañeros, esto huele a triunfo. — Celebraba Sapín antes de tiempo.

El problema es que no invitaron a las mozas del pueblo, y claro, esto tenía que traer sus consecuencias.

Dieron las seis de la tarde y el guateque se puso en marcha.

— ¡Vamos Sapín! Haz tú los honores.

¡Dale caña al tocata! — Ordenó Elías.

— Aquí os pongo a los yeyes.

— ¿Os habéis fijado? Todas las chicas vienen en minifalda. — Observó Juan.

— ¡Hoy triunfamos, chavales, hoy triunfamos! — Jaleaba Sapín dando saltos.

— Enrique échale un Chorrín de ponche y otro de whisky a la limonada para ver si esto se anima un poco. — Indicó juan de buena fe.

— ¡Échale un poco más, no seas rata! — Apuntó Sapín que solo le faltaba decir oe, oe, oe.

— ¡Calla, déjame! Si echo más va a saber demasiado y no se lo van a querer tomar.

La fiesta se iba animando de lo lindo.

La música sonaba a toda pastilla, se oía desde la calle.

Además habían conseguido todos los discos de los grupos que estaban más de moda en ese momento.

Y la limonada le daba el puntito que le faltaba al guateque.

Todos los mozos estaban solteros y sin compromiso excepto uno, Julianín, que había dejado a su novia en casa y se puso a pajarear con unas y con otras.

— ¡Abrir, que están llamando a la puerta! — Dijo Elías.

—¡Quién será, si ya no falta nadie! — Se quejaba Sapín.

— No sé, abre porque como siga llamando así va a echar la puerta abajo. Insistió Elías.

— ¡Ostras Pedrín!

Llamar a Julianín que esto se pone feo. — Dijo Juan, que vio el percal a través de la ventanilla pequeña que había en la puerta.

— Julián sal de aquí corriendo que viene tu suegro con la garrota en la mano. — Le advirtió Elías.

— ¡Qué me dices!

¿Cómo se habrá enterado? Ya sabía yo que algo de esto tenía que pasar. — Se lamentaba el pobre Julián antes de salir por pies.

— Sal por la ventana de atrás y que no te vea. — Le indicó Juan.

— ¡Me cago en el copón y en san pito puta!

¡Donde tenéis escondido a ese sinvergüenza que está deshonrando a mi hija! — Gritaba el suegro de Julián, el tío Pechote.

— Tranquilo Pechote, que Julián no ha venido por aquí. — Le dijo Elías.

— ¿Cómo que no? Me han dicho que le han visto entrar aquí y no me muevo hasta que no salga. — Insistió Pechote.

— Se habrán confundido.

Vaya a buscarle a su casa, ya verá como está allí. — Trataba de convencerle también Enrique.

— Me voy, pero como no esté allí, vuelvo y os parto el garrote en espinazo, y luego encima me lo pagáis.

— Váyase tranquilo, pechote, háganos caso.

— Me voy, me voy, pero antes de irme...¿no os da vergüenza lo que estáis haciendo?

— ¿Vergüenza de qué? — Preguntó Sapín sorprendido.

— ¡Pues eso! Con todas las mozas que hay en el pueblo y os tenéis que traer a todas estas golfas que van medio desnudas.

— ¡Oiga sin faltar, que nosotras somos muy decentes! — Replicaron las mozas asitentes.

— Sí eso mismo decía yo, a la vista está, que vais a coger un resfriado, si esa falda no tapa na de na. — Volvía pechote a la carga.

— Y cómo bailáis, si parece que estáis poseídos por el mismísimo demonio, parece que os dan calambres. — Y otra más del suegro de Julián.

— Vale ya Pechote que nos echa a perder la fiesta.

— Bueno, pues lo último y me voy.

No quería decirlo pero es que lo digo o reviento.

¡Esto parece un puticlub! — Pechote bajó el telón.

— ¡Se acabó, nosotras nos vamos! — Dijeron las mozas mientras se ponían sus abrigos antes de abandonar la fiesta.

— ¡Se jodió la fiesta! ¡A tomar por culo! — Se lamentaba Sapín mientras tiraba una bola de papel al suelo con un enfado monumental.

La fiesta acabó mal pero la repitieron durante todos los meses del año, eso sí, con todos los mayores de edad habitantes del pueblo, mozos y mozas.

En ese mismo año sortearon los quintos y a Elías le tocó en Madrid.

— ¡Padre, hemos tenido suerte!

— ¿Suerte? ¿Te vas a Madrid dos años y eso es tener suerte? — Le dijo su padre Fermín.

— Podría haber sido peor. Piense usted que me podían haber tocado las Chafarinas. — Replicó Elías tratando de restarle importancia al servicio militar.

— Hombre pues sí, mirado de esa manera…— Asintió su padre.

Según cuentan algunos habitantes del pueblo, Elías tenía una velocidad asombrosa, era capaz de coger un conejo a la carrera, recortándolo y recortándolo hasta que lo acorralaba y le daba una pedrada definitiva.

Y según dicen y corroboran varios testigos, no fue una casualidad si no que lo repitió en varias ocasiones.

Pocos meses antes de irse al servicio militar Elías e Isabel se hicieron novios formales.

Cuando llegó el buen tiempo, los mozos decidieron organizar un partido de futbol contra un pueblo cercano.

En aquellos tiempos todavía se trasladaban en bicicleta al pueblo de al lado para buscar contrincantes para jugar al balonpié.

Al final concretaron que sería un sábado a las seis de la tarde en el mes de mayo, coincidiendo con las fiestas patronales.

No había muchos mozos donde escoger para jugar pero los que había no lo hacían mal.

Elías jugaba en la defensa, no había delantero que lo superara en velocidad, por arriba ni por abajo y además iba como nadie de cabeza.

Su compañero en la defensa era el rinoceronte. Decían que era más fácil saltarlo que rodearlo, pero tenía una potencia impresionante.

En la media jugaban Juanito y Antón, hermano de Elías.

Juan la movía muy bien y Antón sacaba los corner.

Nico era primo de Juan e Isabel y era el que más calidad tenía del equipo, se decía que tenía un guante en el pie, era un centrocampista ofensivo, el mejor que había en 50 kms a la redonda. De echo llegó a jugar en equipos semi profesionales aunque su vocación era la de ser maestro de escuela.

En la delantera jugaba Ramón el gitano, que tan bien era rápido de narices, desde bien pequeño le llamaban el Lagartijo.

Y en la portería jugaba Julianín, que andaba sobrao de reflejos.

El resto del equipo se rellenaba con unos y otros, parcheando como se podía.

Cuando salían a jugar a otros pueblos solían perder porque no tenían una alineación muy amplia y el agotamiento hacía mella entre los mejores del equipo, de modo que cuando jugaban como locales se buscaban las vueltas para que todo el que fuera a jugar allí saliese derrotado.

Partimos de la base que el campo de futbol estaba situado en lo alto de un cerro fuera del pueblo y que había que subir por un camino estrecho, pedregoso y muy empinado, por lo que los rivales cuando llegaban, consideraban que ya habían echo el calentamiento, llegaban derrotados.

Hay que añadir que cada vez que el balón salía de banda, tendía a coger el cerro hacia abajo así que había que estar muy atento y dejar a algún muchacho de recoge pelotas en la falda de las laderas. Para los balones locales, se entiende.

El equipo visitante, que corra, que corra a por los balones, y si no que tengan más cuidado.

Esa era la política.

— Bueno qué, ¿creéis que vendrán? — Preguntó Juan a sus amigos.

— Pues claro, ¿cómo no van a venir?

Cuando salimos a su campo nos dieron un baño de goles así que pensarán que somos pan comido. — Afirmó Elías.

— Es la primera vez que vienen estos palomos.

Ya verás que sorpresa se van a llevar. — Dijo Nico, impaciente ya por jugar el partido.

— Oye, estoy pensando que a lo mejor con estos hace falta idear algún extra. Tener en cuenta que han jugado en los campeonatos regionales. — Les advertía Lagartijo.

— ¿A que te refieres con algún extra? — Preguntó Elías.

—Pues que ni con la ventaja del campo los ganamos a estos. —volvió a replicar lagartijo, temeroso de la calidad de los contrincantes y conocedor de las limitaciones del equipo local.

— ¿Qué sugieres entonces? — Le dijo Antón mientras se sentaba en el suelo con intención de escucharle.

— Propongo que llenemos las cantimploras y que cortemos el agua hasta después del partido, así lo pasarán peor. — Apuntó Lagartijo.

— De acuerdo, voy a avisar al alguacil para que lo haga, ya verás como lo entiende. — Dijo Antón mientras se levantaba del circulo que habían formado entre todos.

Y efectivamente cortaron el agua hasta después del partido fingiendo que había una rotura en una tubería.

El partido fue un paseo militar para los locales porque después del paseito hasta el campo en bicicleta, el equipo visitante llegó fatigado y a mitad del partido se quedaron sin agua y esa fue su puntilla.

Podríamos decir que todas estas eran pequeñas artimañas para salir con algún tipo de ventaja, que por aquellos tiempos era algo muy normal y no estaba considerado como trampas, porque todo hay que decirlo, ganaron sin necesidad de pitar un penalti injusto en el último minuto, eso sí sería jugar sucio, lo demás solamente era poner dificultades al contrario y añado un ja, ja, ja.

Después del partido fueron a celebrarlo al bar, con vino y cerveza hasta que cayó el sol y entonces cada uno se fue a su casa a cenar y arreglarse para el baile en la plaza.

En casa de Justo se cenaba a las nueve y se comía a la una, eso era algo innegociable.

A eso de las diez ya estaban los músicos tocando así que Juan e Isabel eran de los primeros en coger posiciones en el baile.

Elías y los demás mozos no tardaban en llegar porque los músicos tocaban solo un par de horas.

Los bailes en la plaza no eran ni mucho menos como los guateques que organizaban pero no estaban mal.

A la mañana siguiente, Justo tenía que ir a regar las higueras que tenía en una zona bastante alejada del pueblo y se llevó a Juanito para terminar la tarea lo antes posible.

La noche anterior terminaron algo tarde del baile y su primo Gelete se quedó a dormir en casa, de modo también le tocó ir de riego a la dicha mañana.

Justo se las había ingeniado para hacer un pocito que él mismo había cavado, poco profundo a pala y azadón y que luego tapaba con un trozo de uralita.

Hay que decir que esa agua procedía de un manantial de agua fresca y cristalina y que por lo tanto era potable y apta para el consumo humano.

Sin embargo entre los huecos de la uralita, en ocasiones se colaban pequeños bichitos.

Sucedió que a media mañana hacía un calor horrible ya que el sol estaba en todo lo alto y los muchachos tenían más sed que pipote, además la resaca del día anterior les estaba pasando factura.

Juanito estaba acostumbrado a todos estos avatares pero Gelete se había criado en un ambiente más urbano, era por decirlo así, más tirando a señorito que a gañancito.

— Bueno Justo, ¿aquí no se bebe? — Preguntó Gelete.

— Sí hijo, sí, bebed cuando tengáis sed.

— Ya, pero, ¿dónde está el botijo? — Insistió Gelete.

— ¿Botijo? ¡Ja, ja, ja, ja! ¡Hay que ver, Juan, que jodío tu primo!

— ¿De donde vamos a beber si no? — Preguntaba Gelete de nuevo mientras empezaba a mosquearse.

— Pues de las gomas del riego, ¡cachondón! — Le replicó Justo, que también comenzaba a cansarse de la mojigatería del muchacho.

— No jodas, yo de ahí no bebo. — Exclamó gelete, cabreado.

— Anda no seas bolo y arrima el hocico, ya verás que buena y que fresquita está. — Le dijo justo con un tono que escondía ración extra de ironía.

— ¡Que no! Que yo de las gomas no bebo. Si acaso sacamos el agua del pozo con un cubo y bebo con un bote que traigo en la taleguita. — Dijo Gelete como última opción.

— Como tu quieras hijo, a ver si por beberla con asco te va a sentar mal. — Dijo Justo, contento ya porque se había negociado un final a esta situación.

Y así hicieron, sacaron un cubito de agua directamente del pozo y mientras Justo y Juanito bebieron directamente del cubo, Gelete que era más escrupuloso, bebió con un botecito que llevaba en la talega y que previamente había limpiado con esmero.

Poco antes de terminar la tarea, era casi la una del medio día, la hora de comer en la casa de justo, sacaron otro cubito de agua para echar a andar el camino.

— Papa, ¿Qué es eso que acabas de sacar en el cubo? — Preguntó Juan, con cara de asombro.

— ¡Me cago en sos! Se debe haber colado por algún hueco la muy asquerosa. — Dijo Justo con un tono que denotaba cierta rabia en su voz.

— ¿Asquerosa? Tío, dime que eso es un conejo y aún así ya me estoy muriendo del asco. — Decía Gelete temiéndose lo peor.

— Sobrino, te diría que es un conejo pero te estaría mintiendo. Es una rata y de las gordas, tamaño XXL, y ahora que está hinchada parece una gata preñada.

— ¡Joder tío, voy a echar los hígados!

— Tranquilo sobrino, que lo que no mata engorda. Vamos a ver, ¿has notado que el agua te supiera mal?

Pues ya está, esto te va a hacer un hombre como Dios manda, ¡ya verás!

— Que no, que no, que de esta nos morimos. Seguro que nos ha pegado alguna enfermedad. — Decía Gelete mientras trataba de escupir el resto de agua que le quedara en la boca aunque en realidad no le quedaba nada más que saliva.

— Pero que bolo eres jodío, un mes conmigo y verás como cambiabas. — Carcajeaba Justo.

La vomitona que soltó fue algo digno de ver, hubiese echado los restos de la cena anterior si no la hubiese digerido ya.

Y estuvo malo una semana, por lo menos.

No hace falta decir que Gelete no volvió a pisar el campo nada más que para buscar espárragos en primavera y siempre llevaba agua en una cantimplora que traía llena de su casa.

Esa misma tarde, Elías se echó al campo con su padre a dar una vuelta por las olivas, que empezaban a dejar ver el grano del fruto, todavía minúsculo, corría el mes de Julio.

— Hay que ver, hijo, desde lo alto de este cerro, estuvimos hablando tu abuelo y yo hace veinticinco años y ahora la historia se repite. — Le dijo Fermín a Elías mientras le pasaba el brazo por encima del hombro.

— Vaya, hombre, se me está poniendo usted melancólico.

— Tu abuelo Pedro venía mucho a este cerro porque controlaba todas sus tierras desde aquí. — Le informó Fermín.

— Sí, padre, las vistas son impresionantes, desde aquí se ve hasta el valle del río tajo.

— Sí, pero sus tierras no llegaron nunca hasta la ribera del río. Esas eran de gente con más cuartos en el bolsillo. — Se lamentaba Fermín mientras quitaba el brazo que había puesto encima del hombro de Elías.

— Sí, padre, me imagino.

— Hijo, ¿te he contado la ostia que le dí al tío conejo?

— Sí padre, sí, unas cuantas veces.

— ¡Mira! Por allí vienen Miguelete y Zacarías con sus dos galgos, llevo tiempo sin ver una liebre por estas tierras pero al pie del cerro seguro que les sale algún conejito. — Aventuraba Fermín.

Uno de los galgos se dispuso a hacer sus necesidades cuando, ¡zas! Sale el conejo, haciendo bueno el dicho que cuando menos te lo esperas salta la liebre.

Los galgos le van cerrando las salidas hacia abajo y el conejo no tiene más salida que tirar hacia arriba del cerro pero en ese momento se arranca Elías y tira hacia abajo con dos piedras de tamaño medio, una en cada mano.

Los galgos no estaban nada cómodos en la ladera del cerro porque son más bien de terrenos en campo abierto pero hacían lo que podían, sin embargo Elías parecía que se movía como una flecha de un lado a otro acortándole las salidas al conejo.

El roedor defendía cara su vida pero Elías no era la primera vez que se veía en esta situación, era muy rápido y resistente, además sabía por donde tenía que llevar al conejo para que cayera en sus manos. El resto era cuestión de puntería.

Los perros estaban ya apunto de tirar la toalla porque se los veía mareados por el trajín que los traían, de un lado a otro y justo en el momento en que uno de ellos se dispuso a darse por vencido, Elías lanzó dos pedradas a unos diez metros del conejo, una inmediatamente seguida de la otra. La segunda fue la que hizo diana en la nuca del conejo dejándolo fuera de juego para siempre.

— Que os parece mi hijo, como coge los conejos a la carrera, ¿eh?

— ¡Hay que joderse y apretar el culo pa no peerse!

No he visto nada igual en toda mi vida. ¿Cómo lo haces muchacho? — Dijo Zacarías asombrado por el espectáculo que acababa de presenciar.

— Pues ya ve, una mezcla de velocidad, resistencia, saber manejar la situación y por supuesto puntería. — Les explicó Elías.

— Cuando lo contemos en el pueblo no nos van a creer. — Dijo Miguelete mientras cruzaba mirada con Zacarías.

— Este año, con este de hoy llevo cuatro, así que no se me está dando nada mal. — Apuntó Elías, satisfecho consigo mismo.

— Sigue así muchacho, eres un lince. — Le dijo Zacarías al mismo tiempo que le daba tres palmaditas en el hombro a modo de felicitación.

— Bueno padre, volvamos a casa que se hace tarde y madre tendrá la cena preparada cuando lleguemos, que se me a abierto el apetito con estas carreras.

Un par de años más tarde, Elías e Isabelita anunciaron su compromiso de boda.

Entonces la abuela materna de la chica la dio el siguiente consejo:

— Hija mía, ¿tú le quieres?

— Sí abuela. — Respondió Isabelita.

— Pero, ¿le quieres de verdad? No te vayas a casar por las tierras, que eso no vale nada y el dinero se gasta rápido.

— Sí abuela, nos queremos de verdad. — Afirmó de nuevo la mocita.

La mujer hablaba desde la experiencia porque a ella en su juventud ya la intentaron casar con un rico para heredar una gran hacienda y la mujer se negó en rotundo.

Juanito en cambio seguía picoteando por aquí y por allí sin decidirse a formalizar una relación.

Ese mismo año un amiguete de la pandilla fue el primero en lanzarse a la maravillosa experiencia de la paternidad.

El anteriormente conocido como el gurrapato, sufrió un cambio de mote. Ahora se convertiría en pies de pluma.

El cambio suena un poco gay para esos tiempos pero todo tiene su explicación.

El padre de la chica ya advertía la fogosidad de la pareja, de modo que decidió ponerla una hora tope de llegada a casa por las noches, más bien tempranito y él mismo se encargaba de cerrar bien la puerta con llave.

Lo que no sabía es que gurrapato escalaba por la pared y entraba por un balcón adyacente a la habitación de la chica.

Allí se ataba unos cojines de plumas a los pies, que él mismo había hecho, con el fin de no hacer nada de ruido.

Así entraba y salía a su antojo.

Todo fue perfecto hasta que la chica se quedó embarazada y entonces hubo más que palabras hasta que se aclaró todo el asunto.

— ¡No es posible! ¡Si yo mismo cerraba la puerta y los vigilaba a todas horas! — Se lamentaba el padre de la chica.

— Pues ya ve, que la necesidad agudiza el ingenio. Pero no se preocupe que me hago cargo. — Añadió Gurrapato tratando de calmar los ánimos del desconsolado padre.

— Si ya lo se. Ya sé que te vas a hacer cargo, porque si no...si no...

¡Os juro que me lo cargo! ¡Seré posible el pies de pluma este!

Para la fiesta de pedida de Isabelita, Justo pensó en dar una merienda por todo lo grande en su casa, con jamón, queso, limonada, en fin, un gran banquete. Y decidió ir a Madrid a comprar todo lo necesario para el convite.

— Juanito, prepárate que nos vamos a Madrid. Y limpia el maletero del coche que vamos a llenarlo de jamones.

— Ya lo limpié ayer, padre.

— ¡Pues monta que nos vamos!

— Espere que me arregle.

— No espero nada. Vamos de compras, no de ligoteo.

Y cogieron el cochecito dirección Madrid. Sin prisas, despacio porque a Justo no le gusta correr.

Por la carretera nacional, que todavía era de un solo sentido en cada dirección.

— Padre, ¿se ha dado cuenta usted de la caravana que se está formando detrás de nosotros?

— Hijo, cada uno va a su paso. Yo voy por mi derechita y el que quiera adelantar que lo haga por la izquierda.

— Ya, bueno, pero es que a este paso vamos a tardar dos horas en llegar a Madrid. Y no van a tardar en pitarnos.

— Que hagan lo que quieran, ya te he dicho que yo voy por mi derechita.

Aunque iban acumulando muchos coches detrás de ellos, no tuvieron ningún problema hasta que no llegaron a la capital, una vez allí la cosa cambia.

Madrid con el coche, es territorio comanche.

— ¡Vamos Venancio! ¡Que no tenemos todo el día! — Le decían algunos conductores cuando le adelantaban mientras tocaban el claxon.

— Hijo, tu ni caso, ¿tú ves que a mi me importe?

— ¡Vaya paso lleva el de la boina! ¡Por la matrícula veo que nos visitan dos bolitos. — Insistían algunos conductores que se impacientaban con el ritmo de circulación que llevaba Justo.

— ¡Que alguien le diga al cateto que existen los intermitentes! — seguían incordiando algunos.

— Hijo, escúchame, hoy vas a aprender una lección.

Todo el mundo tiene un límite y yo estoy a punto de sobrepasarlo.

— Tranquilo, ¿no me dijo usted que tuviéramos calma? — Le reprochó Juan.

— Sí hijo, sí, pero cuando a uno le tocan el amor propio hay que morder.

— ¡Venga garrulitos! ¡Que vais pisando huevos! — Continuaban incordiando.

— ¡Se acabó! Cómo alguien me vuelva a tocar la moral, echo el freno de mano, paro el coche en medio de la vía y tiro de cachicuerna.

Afortunadamente no hubo necesidad de ponerse violento porque pronto llegaron a su destino. Unos almacenes de alimentación al por mayor con unos precios muy asequibles, ya se sabe, la pela es la pela.

— ¡Haber muchacho, atiende al de la boina! — Dijo el encargado al mozo de la tienda.

— ¡Sí señor! ¿Qué desea usted, caballero? — Preguntó el mozo a Justo.

— Pues mire usted, buenos días, nosotros venimos de Toledo porque se casa mi hija, ¿sabe usted? Y entonces...

— Sí, sí, me imagino pero vaya usted al grano porque no tenemos todo el día.

— Pues eso, como le iba diciendo se casa mi hija y quiero hacer un convite en mi casa con jamones, lomos, quesos.

— Sí, ya, me imagino, pero cuantas piezas quieren.

— Pues si tengo ocho hermanos...Una está soltera...A uno lo tengo viviendo fuera...Creo que seremos unos cincuenta.

— Vamos a ver caballero, no le estoy preguntando cuantos van a ser al convite sino que cuantas piezas quiere usted llevarse.

— Pues cuatro patas de jamón, dos lomos y tres quesos. ¡Qué prisas chico! No me dejas ni explicarme.

— El tiempo es oro, maestro.

— ¡Vamos Juan! ¡Carga la vianda que nos vamos! Nuestro tiempo también es de oro, ¡o que se creen estos!

— De acuerdo padre pero ahora conduzco yo.

— Venga, tira, haz lo que quieras. ¿Por donde me vas a llevar?

— Quiero pasar por la casa de campo, porque me gustaría ver el lago que sale en las películas.

— Hijo, estás atontao. Con la prisa que llevamos y tú pensando en tonterías.

Estaban al lado y no tardaron en llegar más que unos minutos.

— ¿Ves cómo estábamos muy cerca, padre? A cinco minutos de reloj.

— Ya lo has visto, ¿no? Pues vámonos. — Le dijo Justo, deseando de llegar al pueblo.

— De eso nada, yo no me marcho de aquí hasta que no demos una vuelta en barca. — Le dijo juan.

— No me jodas, hijo. Ya sabes que a mí eso del agua no me va.

— Tranquilo padre, que las barcas son muy seguras si no te pones de pie en ellas.

— Ya, y más seguras serían si no estuvieran sobre el agua.

— Venga, tira, que te invito yo. — Le dijo Juan.

— Sí, me invitas con mi dinero. — Dijo Justo irónicamente.

— Padre, para usted la perra gorda.

— Como quieras, pero dame las llaves del coche que cierre bien todas las puertas y las compruebe que no quiero que nos hagan faena.

— Buenos días, señor, queremos dos entradas para las barcas. — Dijo Juan cuando llegaron a la ventanilla de la caseta que vendía los tickets.

— Son diez pesetas. — Dijo el de la caseta.

— ¿Diez pesetas? — Se sorprendió Justo, que le parecía cara la historia.

— Sí, ¡diez pesetas! — Afirmó de nuevo el de la caseta.

— Pues pague usted padre, que el que paga descansa. — Le dijo Juan.

— Ya hijo, y el que cobra más, ja, ja.

— ¿Y podemos elegir la que queramos? — Le preguntó Juan a la par que miraba todas las que tenía en fila.

— ¡Faltaría más! Pero sepan ustedes que son todas iguales.

— Iguales, iguales, no, porque esa es verde, allí hay una blanca, esa otra es marroncita...— Respondió Justo, acostumbrado a sacarle punta a todo.

— No voy a entrar en polémica con ustedes, señores, cojan la que les salga del pito. Eso sí, en media hora les quiero ver aquí o van a recordar el color de la barca toda su vida.

— Cómo nos ponemos por nada, jefe. Vaya humor que tienen en la capital. Hijo, hazme caso. Vivir aquí no es nada saludable.

— Y que lo diga, padre, y que lo diga.

Pasada la media hora, se habían hartado de remar pero lo pasaron bien. Se podría decir que habían disfrutado más que un guarro en una cochiquera.

Devolvieron la barquita y marcharon hacia el coche.

— Hijo, ¿no es aquel de allí nuestro coche?

— Aquel mismo es, padre.

— ¿Y que hacen entonces esos dos tipos con un perro enganchados a la puerta? Lo que te decía, que nos quieren hacer una faena, ¡y de las gordas!

Ves a buscar a los guardias que yo me sobro y me basto con estos dos pelagatos.

— ¡Guardias, guardias! ¡Que nos quieren robar los jamones! — Gritaba Juan mientras corría más rápido que un rayo, hasta que llegó a la altura de los guardias.

— A ver, joven, explíquese. — Le dijeron los guardias al mismo tiempo que trataban de tranquilizarlo.

— Pues mire, nosotros vinimos del pueblo esta mañana temprano y... — Se explicaba Juan mientras trataba de coger el aire que le faltaba.

— Chico no tenemos todo el día. En resumidas cuentas os están robando, ¿no?

— Bueno, técnicamente todavía no pero lo están intentando. Mi padre está liado con ellos.

— ¿Con ellos? Así que son varios. Pues debería dejar que se llevaran lo que quisieran y luego denunciarlos.

A ver si tenemos la suerte de llegar a tiempo para librarle de ellos.

— Agentes, me parece que no lo entienden. A quienes deberían de librar es a esos dos cacos antes de que los coja mi padre. No lo conocen bien.

Mientras tanto Justo:

— Vaya, vaya, que perrito más bonito tienen ustedes, y que simpático que es.

— Pues sí, un regalo de un familiar.

— Y que pasa, que parece que la puerta se les ha atrancado, ¿no? Parece que les cuesta abrirla.

— Pues sí, a veces se queda un poco desencajada y la cuesta hacer el movimiento.

— Pues déjenme ustedes a mí, que resulta que yo hago un movimiento rotatorio que van a notar como se les desencajo todos los huesos del cuerpo, ¡hijos de mala madre!

Así que aquí con el perrito huolisqueando mis patas de jamón, ¡bandidos!

— ¡Romualdo, saca la navaja! — Dijo uno de los ladrones, en una clara amenaza.

— Eso Romualdo, saca la navaja que os voy a enseñar como funciona. ¿Eso es una navaja? Con esa navaja le quitaba mi hijo las alas a las moscas. Esta mía sí que es una navaja de verdad, os presento a Petra. Esta es la navaja de un tío cojonudo. — Exclamó Justo mientras apretaba los dientes, y a continuación emitió una especie de gruñido.

Cla, cla, cla, cla. — Sonó al abrir Justo su navaja de siete muelles.

— ¡Vámonos copón! — replicaron los cacos.

— ¡Eso! Irsus, que petra se está poniendo nerviosa y dice que no quié conoceros, que sois mu feos, los dos.

Mirar que todavía estáis a tiempo. Dicen en mi pueblo que más vale marica vivo que valiente en el cementerio.

—¡Corre Mario, por tu padre! — Gritó Romualdo.

— Vaya un Mario y un Romualdo. — Decía Justo mientras cerraba la cachicuerna y hacía unos movimientos con el cuello síntoma de los nervios de la situación, como si fuera un pequeño tic.

— Padre, ¡ya estoy aquí con los guardias!

— Bien echo, pero mira como corren esos dos. — Se felicitaba Justo.

— Oiga, ¿sabe usted que no puede ir por la calle con ese arma? — Le reprendió uno de los guardias.

— ¡Anda este! ¿Y cómo se piensan ustedes que los he hecho huir? — Dijo Justo con un gesto de boca torcida.

— Le comprendemos, señor, pero para eso estamos nosotros.

— Ya pero la Petra es una herencia familiar de muchos años atrás y esta no me la arrancan con vida de mis manos.

— Que curioso, mi padre que era guardia desde antes de la guerra civil, me contó un caso con una navaja de dimensiones similares en el banco de España hace unos veinte años. — le dijo uno de los guardias.

— Hace más años muchacho, algunos años más. — Dijo Justo.

— ¿Y como lo sabe usted? — preguntó el guardia sorprendido por la afirmación del echo.

— Yo era el crío que esperaba a mi padre a las puertas del banco. — Les dijo Justo.

— Lo que es la vida, ¡que casualidades! Me ha caído usted bien, señor. Por esta vez haremos la vista gorda y dejaremos que se vayan al pueblo con la navaja y todo, pero me tienen que prometer que no se van a meter en más líos o tendremos que actuar conforme marca la ley.

— Se lo prometemos señor guardia. — Asintió Justo.

— Con Dios y que tengan buen viaje. — Se despidieron los guardias.

— Muy agradecidos, señor guardia. Vamos, que hay que andar el camino.

Y así fue como una vez más, un viaje a Madrid, se convirtió en una odisea para Justo.

— ¡Madre, no se va usted a creer lo que nos a pasado en Madrid! — Dijo Juan en cuanto cruzó la puerta de su casa.

— Sí me lo creo hijo. Conozco muy bien a tu padre desde hace ya muchos años y lo que no le pase a él no le pasa a nadie.

No hace falta que me cuentes nada.

Llegó el día del convite por la pedida de mano y todos los invitados estaban muy contentos porque como se sabe, no hay alegría más grande para un español que comer gratis, o como decimos los castellanos, comer de guagua o de balde.

— ¡Justo, saca el vino! Qué quieres, ¿Qué me ahogue con el pan? — Replicaba uno de los comensales.

— Saca también el queso que yo no puedo comer jamón porque no tengo muelas, en cambio el queso sí que lo puedo roer. — Replicaba otro.

— Esta pata no está mal pero igual tira a un pelín salá. — Otro bocón más.

— ¿Salada? ¡No has probado tú una pata de jamón como esta en tu vida sinvergüenza! — Les decía Justo un poco harto ya de que le tocaran las narices los familiares invitados.

— El vino está un pelín picado. — Seguía quejándose otro invitado.

— Pues échale gaseosa y te haces un chatito. Y el próximo que tenga alguna queja se va a la puñetera calle. — Dijo Justo, al límite de su paciencia.

— Este lomito...

— ¿Cómo que este lomito? Termina la frase cuñao.

— No, que digo que este lomito...está...está de vicio. ¡Un brindis por la pareja que se casa! ¡Vivan los novios!

— ¡Vivan! — Gritaron todos al mismo tiempo que brindaban con las copas llenas de vino.

Después del convite, tuvieron tertulia y hasta cantaron y bailaron, pero los jóvenes estaban cansados de tanto carca y se montaron un pequeño guateque en el bar de la plaza al que sólo asistieron Elías y los demás mozos del pueblo, incluidos Juan y los primos de Isabelita.

— ¡Chicos, la vamos a montar! — Decía Juan.

— ¡Dale al tocata! — Decía Elías.

— ¡Volumen a tope! ¡A bailar! — Gritaban los primos.

Y se liaron con la música y los bailes, y una copita que otra, y otro cubalibre, y otro y cuando se dieron cuenta iban más ciegos que un piojo, sobre todo el novio que no estaba acostumbrado a beber.

— ¡Oye, Juan! Tu hermana y Elías se casan mañana, ¿no?

— Sí, mañana es. ¿Por qué?

— Porque no los hemos gastado ninguna broma ni nada.

— Me parece bien, una bromita antes de casarse. — Pensó Juan. — ¿Habéis pensado en algo?

— No, pero todavía estamos a tiempo. Dos cabezas piensan más que una.

Ya lo tengo, ¿Y si le disfrazamos de algo?

— No. Eso está muy visto.

— ¿Y si le rapamos la cabeza y le dejamos sólo las patillas?

— Jo, macho, eso no es una broma, eso es una putada.

— ¡Entonces qué hacemos! ¡Hay que pensar en algo ya!

¿Qué te parece si vamos a la estación y le montamos en un tren dirección Madrid? Todavía nos da tiempo de que coja el último del día.

— Me parece muy buena idea, y le decimos al revisor que lo despierte nada más salir para que se enfade aún más y no pueda bajarse hasta la capital. Aún cuando llegue allí, le da tiempo coger un tren de vuelta para regresar antes de la boda. — Razonaba Juan a la idea que aportaron sus primos.

— Mañana nos va a matar pero lo que nos vamos a reir...

— No creo que se enfade mucho, debería entenderlo.

— Pues coge tú a Elías que yo voy arrancando el coche.

— ¿Dónde vamos, chicos? ¿Dónde me lleváis? — Preguntó Elías, que estaba nervioso por la proximidad de la boda.

— Vamos a un bar nuevo que han abierto en el pueblo de la estación del tren que nos han dicho que es la caña. — Le dijo su futuro cuñado.

— Vale chicos pero yo no puedo ligar porque mañana me caso, y no con cualquiera Juan, con tu hermana.

— Sí, claro, tu tranquilo.

— Y los demás, ¿no vienen? Preguntó Elías.

— Sí pero vienen en otro coche porque no cabíamos todos en este.

— ¡Jo chicos! Creo que me voy a dormir aquí en el coche porque he bebido más de la cuenta. Vosotros dejarme aquí durmiendo y pasarlo bien. No os preocupéis por mí. — Dijo Elías, agotado por el trajín del día.

— ¿Ya se ha dormido? — Dijo el primo Nico.

— ¡Como un angelito! — Afirmó Juan.

— Pues nada, ya hemos llegado. Así que Juan, quédate tú en el coche que yo me lo llevo al andén.

Sacaron a Elías del coche y lo llevaron en volandas hasta dentro de la estación.

— ¡Alto ahí! ¡Este muchacho no puede viajar en esas condiciones! — Les dijo el que expendía los billetes dentro de la garita.

— Este tren va hacia Madrid, ¿verdad? — Preguntó Nico.

— Efectivamente, así es. Pero este chico no está bien, ¿qué le pasa?

— Pues nada, que le ha dado una bajada de azúcar porque es diabético, pero no se preocupe porque ya hemos tomado medidas al respecto.

— Pues nada, si es así me pagas el billete y en paz.

— ¿Cuánto vale?

— Cincuenta pesetas.

— ¡Como estas! ¡Aquí las tienes!

— De acuerdo, súbele a su asiento y te bajas rápido que vamos a partir ya mismo. Vamos con la hora pegada.

— Gracias señor. No olvide despertarlo en cuanto el tren empiece a rodar, no sea que mi amigo se maree, es que no ha montado nunca en tren, ¿sabe usted?

— ¡De acuerdo chaval!

— ¡Juanito, ya estoy de vuelta! Arranca el coche que vamos de vuelta al pueblo. — Dijo Nico con cara de satisfacción por el deber cumplido.

— ¿Ha ido todo bien?

— Todo bien.

— ¿Le has metido en el tren a Madrid?

— En efecto.

— ¿Seguro que era el de Madrid y no el de San Sebastián?

— Estate tranquilo, Juan, está todo comprobado.

— ¿Le has metido dinero en la faldriquera para el billete de vuelta?

— ¡Me cachis en la mar! ¡Sabía que se me olvidaba algo!

— ¡No me jodas que le hemos metido en un tren camino de Madrid la noche antes de su boda y sin un puto duro en el bolsillo!

— Tranqui, tronco, que un fallo lo puede tener cualquiera.

— ¿Un fallo? ¿Un fallo? ¿Me quieres decir cómo va a volver mañana el pobre Elías? ¿Qué le voy a decir yo ahora a mi hermana? ¡Mi padre me mata! — Se lamentaba Juan tapándose la cara con las manos.

— No te preocupes, Elías es un tío con recursos.

— ¡Cállate! ¡Que te que te! ¡No sé que te haría!

Mientras tanto el tren salió camino de Madrid y el revisor del tren despertó a Elías al poco de salir de la estación, tal y como había acordado con su amiguete.

— ¡Vamos chaval! ¡Despierta, que vamos camino de la capital!

— ¿Eh? ¿Qué dice usted? ¿Qué pasa?

— Que vamos camino de los madriles, muchachote, así que despabílate que nos plantamos allí en un abrir y cerrar de ojos.

— ¡Pero qué dice! ¡No joda! ¡No puede ser!

— ¡Cómo que no puede ser! ¿No querías ir a Madrid?

— ¡Sí, pero no hoy! ¡Jobar, que mañana me caso!

— ¿En Madrid?

— ¡No! ¡En el pueblo! Parece que usted no se entera de nada.

— ¡Cómo qué!

— ¡Pues que se la han colado mis amigos! Bueno, a usted y a mí. Los malparidos me han metido en el tren para gastarme una broma porque mañana me caso, pero me parece que con esta broma se han pasado tres pueblos.

— No te enfades pero son los mismos que llevamos pasados en el tren desde que salimos de tu estación, ja, ja.

— No me fastidie que no estoy para bromitas.

— No te preocupes, amigo, vamos a ver si entre todos podemos echarte un cable con este asunto.

— ¿Y cómo lo va a hacer?

— Muchacho, ¿tienes alguna habilidad en especial? ¿Cartas? ¿Trucos de magia? ¿Malabares?

— Bueno, soy capaz de hacer bolar seis mandarinas haciendo juegos malabares.

— ¿Seis mandarinas? Nunca vi a nadie volar seis mandarinas, pero si es cierto lo que dices, te voy a sacar de esta pesadilla antes de que lleguemos a la estación del norte.

Voy a buscar las mandarinas entre mi cena y la de los maquinistas. ¡No te muevas de aquí, muchacho!

En cinco minutos el revisor volvió con lo prometido pero se planteó una dificultad añadida.

— Ya estoy de vuelta, pero nos ha surgido una pequeña complicación.

— ¿Usted cree que esto se puede complicar más?

— Bueno, no sé. El caso es que no he sido capaz de encontrar mandarinas, pero en cambio sí que tenemos naranjas.

¿Crees que podrías hacerlo con naranjas?

— Habrá que intentarlo, ¿no cree?

Es mi única oportunidad de salir de esta.

— De acuerdo, esta es mi idea, atento muchacho:

Vamos a pasar por todos los camarotes del tren mostrando tu habilidad con cuatro naranjas y cuando alguien sugiera que no serías capaz de hacerlo con cinco, le decimos que si se apostaría algo a que lo haces con seis y así sacaremos dinero para tu billete de vuelta.

— ¡Que buena idea ha tenido usted! Por cierto, ¿qué me pedirá al cambio?

— Una vez que hayas sacado para tu billete de vuelta, me darás el 40% del resto que saques, ¿de acuerdo?

— ¡Trato echo!

De modo que Elías y el revisor pasaron por todos los camarotes del tren, vendiendo la historia de que el muchacho necesitaba ayuda para volver y de que a cambio les entretendría con sus malabares y ya de paso metían unas apuestillas entre medias y todos tan contentos.

— Bueno, muchacho, ya hemos llegado a nuestro destino.

— Muchas gracias por la ayuda, señor.

— No me llames señor que ya somos compadres, llámame Julito, así me llaman los amigos.

— De acuerdo, muchas gracias Julito.

— ¡Dame un abrazo campeón! Espero que la boda resulte bien y cuídate.

— Gracias de nuevo, Julio, no olvidaré esto.

Una vez repartieron las ganancias, se despidieron y Elías tomó el tren de vuelta, pensando cómo se vengaría de aquellos dos diablillos que tenía por amigos.

A la mañana siguiente sonaban campanas de boda en el pueblo y el replicar de las campanas se escuchaba en todo el valle.

Más de uno se pasó la noche en vela, rezando para que Elías estuviera a la hora debida en la iglesia.

— ¡Mira! ¡Por ahí baja Elías! ¡Qué bien va, que planta! — Se le escuchó decir a la Roberta.

— ¡Gracias a Dios! ¡No he rezado tanto en toda mi vida! — Dijo Juan mirando al cielo.

La boda fue todo lo bien que cabía esperar, no hubo percances ni sorpresas, bastantes bromas tuvieron la noche anterior.

Los dos padres, lo mismo Justo que Benero, estaban más anchos que largos. Podría decirse que no cabían en el traje, por la satisfacción y por lo que comieron.

Lo único reseñable es que Isabelita después de la boda se convirtió en Maribel.

La feliz pareja se compró un pisito en el sur de Madrid, pero mientras lo terminaban de construir que serían aproximadamente 2 años, decidieron trasladarse a la capital, Madrid, a un piso en alquiler propiedad de una hermana de Máxima y de su marido, próximo a la glorieta de embajadores.

Elías trabajaba por las mañanas de camarero en un bar en la calle delicias, cerca de la glorieta de atocha y por las tardes echaba horas con un taxi, trabajando sin descanso para ahorrar y comprarse un coche, mientras que Maribel se colocó de costurera en un taller que estaba situado debajo del piso donde estaban afincados.

Cuando llegaba la noche y se metían en la cama eran felices sólo de pensar que ya les quedaba un día menos para que les dieran su piso.

El único gasto extraordinario que hacían en la semana era un bocadillo de calamares con una caña de cerveza que se tomaban el sábado por la noche en la plaza mayor y que disfrutaban del mismo más que si fuera el banquete de una boda.

Tenían más gastos claro está, pero eran los gastos básicos de una pareja conviviendo en un piso.

Al poco tiempo dieron la entrada para un coche y ya les fue más fácil ir a visitar las obras de su piso los domingos por la tarde e incluso ir al pueblo a visitar a sus familias y ya de paso traerse el mayor número de alimentos para llenar la nevera, o lo que es lo mismo, ahorrar en alimentación.

Elías durante este tiempo se estuvo preparando una oposición al ayuntamiento de Madrid, de policía municipal después de haberse sacado el graduado escolar estudiando por las noches.

Los dos años pasaron rápido y llegó el momento de que les dieran el piso.

En el momento del traslado Maribel ya estaba embarazada de su primer hijo, que nació a los cinco meses de estar instalados.

Le llamaron Luis Miguel pese a los esfuerzos de la abuela Boni, madre de Elías, de que le llamaran igual que el padre.

Llegó el día del bautizo del niño y decidieron hacerlo en la ciudad donde vivían, lo cual provocó un pequeño revuelo porque las familias querían celebrarlo en el pueblo ya que era un trajín el viaje de una provincia a otra y las carreteras todavía eran de un solo carril y atravesaban todos los pueblos de la zona.

Llegó la hora de organizar el viaje y Justo decidió que antes de ir al bautizo tenía que solucionar unos asuntos en sus higueras, de modo que se iría más tarde con su sobrino Nico, y su mujer Máxima decidió irse con su hijo Juan.

La razón de que Nico aceptara llevar a su tío era que no sabía llegar hasta el piso de su prima Maribel, de otra manera no hubiese aceptado porque sabía como se las gastaba el tío Justo. Siempre le liaba.

— Bueno, tío, monte usted en el coche, que son las 11 y no llegamos. A las doce y media es la misa y a las dos el convite.

— Venga dale, que hoy bautizamos a mi primer nieto.

Coge la carretera de Extremadura y no te salgas hasta que veas el desvío. — Le explicó Justo nada más arrancar el motor del coche.

— ¿Ha visto usted qué cochecito me he comprado, tio?

— Sí, sí, ya lo veo, muy amplio, pero lo importante es que nos haga llegar a tiempo.

—No se preocupe que por eso hemos salido con tiempo.

El caso es que a la altura de Navalcarnero, el coche ya no iba bien.

— Me cago en la leche jodía, tío, el coche no va bien, se me va para un lado y me cuesta dominarlo.

— ¡No me jodas, hemos pinchado!

No sé cómo me las apaño pero siempre pasa algo en los eventos familiares, y el caso es que esta vez no es culpa mía.

Si supieras la que estuve a punto de liar en la boda de tu madre...venía en la moto de la mili con un músico...en fin un historión.

— Pues ahora viene lo mejor, tío, me he dejado el gato en el pueblo.

— ¡Calla! No quiero oirlo.

Tiene gracia, sobrino, a ti se te olvida el gato y nosotros vamos a llegar con el traje minino, ja, ja.

— Pues no nos queda otra que parar a algún coche y que nos deje el gato para cambiar la rueda. — Comentó Nico.

No tardó en parar un conductor a su altura y no sólo les dejó el gato sino que también les ayudó a cambiar la rueda porque de lo contrario hubiesen llegado hechos un cristo.

— Bueno, Nicolás, al final hemos llegado a las doce y cinco, hemos llegado a tiempo pero no le cuentes esto a nadie que no se lo van a creer.

— Tío Justo, yendo con usted sí que se lo creen.

Al niño lo bautizaron en la parroquia y luego se fueron a comer algo a un bar cercano.

Elías aprobó su plaza en el cuerpo de policía municipal del ayuntamiento de Madrid y comenzó a trabajar con un sueldo y horarios fijos, aunque por las tardes se buscaba otras ocupaciones para llevar un dinero extra a casa.

Maribel con el niño pequeño en casa tenía bastante, además en un periodo de tiempo de un año, volvió a quedarse embarazada.

A este niño le llamaron Javier pese a la insistencia otra vez de la abuela Boni para que le llamaran Elías.

Los niños fueron creciendo, Luis Miguel contaba con cuatro años y Javier con dos.

Luis Miguel como todos los hermanos mayores era más responsable y tranquilo, en cambio Javier era más nervioso y algo trasto.

En una ocasión estaba Maribel en la cocina de su casa y se dio cuenta que se le había acabado la sal e iba a empezar a cocinar.

Se da la particularidad que el mercado lo tienen justo debajo del portal, de modo que dejó a Luis Miguel a cargo de su hermano pequeño y le advirtió que no le dejara tocar nada.

El caso es que no debió tardar ni tres minutos en subir y bajar y se encontró a los dos niños blanquísimos, cubiertos enteramente con harina.

Cuando Maribel le pidió explicaciones al mayor, este la dijo que lo intentó pero que no pudo detenerle, así que se libró del escarmiento, la famosa zapatilla que tanto han sufrido en sus traseros los niños de los setenta y los ochenta.

Los primeros recuerdos que tiene Luis Miguel de sus correrías por el barrio son de su estancia en la guardería, de cuando salían en los recreos a jugar al parque y cogían bichobolas, se rebozaban en la arena y montaban en los columpios.

A veces jugaban al balón y los bancos del parque eran las porterías. Si los mayores tenían cogidos los bancos, utilizaban un jersey o una mochila para situar los postes.

También recuerda gratamente cuando en el mes de septiembre venían sus abuelos a cobrar los higos a mercamadrid y Justo se acercaba a la guardería a ver cómo jugaba en el recreo y posteriormente le recogía.

Luis Miguel también recuerda el día en el que tocó el duro cambio desde la acogedora guardería al duro, frío y enorme colegio.

Algunos niños se tiraron horas llorando pero él mantuvo el tipo y sólo lloró unos minutos, enseguida hizo compañeros, algunos de los cuales siguieron acompañándolo hasta el final de su etapa escolar ocho años después.

También recuerda con alegría sus primeros veranos en la piscina del barrio y de su traumático cambio de la piscina de los niños a la piscina de los mayores.

Un día se metió con flotador acompañado de su madre pero con mucho miedo y no dejaba de llorar.

— Hijo, tranquilo porque llevas el flotador y no te vas a hundir.

Además te voy sujetando. — Le decía su madre.

— ¡No, sácame de aquí, yo quiero en la otra, en la pequeñita!

En eso llegó la vecina del piso de abajo, Maricarmen y solucionó el problema.

— ¿Qué pasa Maribel? ¿Enseñando al niño a nadar?

— Pues sí, pero mira cómo andamos.

— No te preocupes, tráelo para acá que tengo un remedio infalible.

— ¿Seguro?

— Seguro, así aprendió mi hija.

La vecina agarró al niño de las axilas, lo sacó de la zona donde estaba con su madre, se lo llevó a la zona donde más cubría y lo lanzó al agua lo más lejos que pudo del bordillo.

Y oye, mano de santo, el niño salió nadando como pudo hasta el bordillo sin saber nadar, todavía no se explica cómo pero logró salir de esa encerrona.

Pero sus mejores recuerdos de la infancia son sin duda alguna los veranos que pasaba en el pueblo con sus abuelos.

Con cinco años le compraron su primera bici, una BH azul marino con ruedas pequeñas en los laterales para que fuera aprendiendo. Era verano.

Al mes siguiente le quitaron una de las ruedas.

Antes que terminara el verano le quitaron la otra ruedecilla y se quedó únicamente con las propias de la bicicleta.

Iba super ilusionado con su bici, y montaba ya sin ayuda.

Daba cuatro o cinco pedaladas y ponía el pie en el suelo, otras veces daba seis o siete y echaba el pie al suelo.

Bajaba la calle de sus abuelos Justo y Máxima hacia la plaza cuando se cruzó con sus padres, con Piedad, prima hermana de su madre con su marido Angel y los padres de su prima.

¿He dicho prima? Bueno sí, es prima, aunque podríamos considerarla como hermana dada la estrecha relación que las une.

— ¡Anda que bien va con su bicicleta! ¡Ya va sin ruedines pequeños! — Le animaba Piedad.

— Ya ves, es que ya soy mayor. — Contestó Luis Miguel.

— A ver, tira la calle arriba que te veamos. — Le dijo Angel.

— Mira cómo subo, y ahora doy la vuelta y me tiro hacia abajo, y ahora me suelto de manos. — Dijo el niño en plan chulito.

Y sin manos se le fue la bicicleta hacia el coche que estaba aparcado en la puerta y se pegó un castañazo de aquí te espero.

La gente del pueblo, sobre todo los viejos no hacían más que incordiarle diciéndole que a quien quería más, a los abuelos maternos o a los paternos.

— ¡Niño! ¡Tú eres gorrete o benero!

— ¡Soy los dos! — Decía él.

Y que no se le ocurriese decantarse por ninguno porque enseguida iban con el cuento a la otra abuela y le crujían vivo.

Terminó el verano y enseguida comenzó el colegio.

Se mezclaban sentimientos tristes porque se despedía de sus abuelos maternos Justo y Máxima, y de sus abuelos paternos Benedicto y Boni. Al mismo tiempo que se alegraba porque iba a ver a sus amigos del cole, Galán, Gerónimo, José Angel, Alamo,...

Poco después llegaron las navidades y otra vez al pueblo, con los abuelos.

Se acercaba el día de reyes y decidieron comprar un roscón.

— ¿Qué te parece Elías si vamos a comprar un roscón y nos lo comemos la noche de reyes con un chocolatito? — Le propuso Angel.

— Pues me parece bien, pero ¿Quién lo paga?

— Lo compramos a medias pero lo pagará realmente al que le toque la sorpresa de dentro. ¿Qué te parece?

— Pues en eso quedamos.

De modo que así se hizo. Fueron a por el roscón a Madrid, el más grande que tenían en la pastelería y al pueblo fueron a comérselo.

— ¡Que lo parta Maribel! Que tú partes los trozos muy pequeños. — Dijo Angel.

— Uno para ti, otro para ti, otro para ti....— Maribel reparte el roscón.

Total, que repartieron todo el roscón entre los familiares y se liaron con él.

— ¡Huy que rico está! — decía Máxima.

— Pues ya verás como no te va a gustar tanto cómo le toque pagarlo al tío Justo, ja, ja. — Decía Elías.

— ¡Oye! Al que le toque que lo diga, y las manos encima de la mesa. — Dijo Piedad.

— Pues me parece que nos han engañado, este roscón no trae sorpresa. — Dijo Elías con cara de sorpresa.

— ¡No puede ser! De aquí no se mueve nadie hasta que no nos comamos todo el roscón. La sorpresa tiene que salir. — Dijo Angel.

— Pues habrá que poner una queja a la pastelería porque se les ha olvidado echar la sorpresa. — Dijo Justo.

— ¡Pues mañana me acerco yo! — dijo Elías.

Así que se levantaron a la mañana siguiente y le dijo Luis Miguel a su padre:

— Papá, papá , te acompaño a la pastelería.

— Venga, pues monta que vamos con prisa.

Y al rato el niño se dio cuenta que no iban a Madrid.

— Papá, la pastelería estaba en Madrid.

— Ya lo sé, hijo.

— ¿Entonces, no vamos a ir?

— No.

— ¿Y por qué no?

— Pues no vamos porque en la pastelería estaba todo correcto.

— ¡Qué dices papá! No había sorpresa.

— Sí que la había hijo, sí que la había.

— ¿Entonces?

— Entonces me tocó a mí, hijo, y me la tuve que tragar para no pagar el total del roscón que este jodío Angel se empeñó en comprar en la pastelería más cara de todo Madrid.

Menos mal que la sorpresa era pequeñita, si no me hubiesen descubierto.

Pasadas las navidades, se tiraban algunos fines de semana sin viajar al pueblo porque hacía mucho frío, pero en cuanto llegaba la primavera volvían a ver a la familia.

El abuelo Fermín tenía un corral lleno de gallinas y una mula, y todos los años los regalaba algunas gallinas para hacer un guiso.

El problema era coger las gallinas, porque estaban defendidas por un gallo que las defendía a muerte y atacaba a todo aquel que entrase en el corral.

Cómo sería la situación que los críos no querían entrar en el corral porque decían que les daba miedo del gallo.

Hasta que un buen día decidieron que económicamente no merecía la pena tener gallinas porque los huevos estaban baratos en la tienda y se deshicieron de ellas a razón de un guiso de gallina por semana.

El honor de ser el último en abandonar el corral se reservó al valiente gallo. No sin antes vender cara su vida.

Cada uno que fue a por él se llevó al menos dos picotazos.

Lo mismo pasó con la mula. Se decidió venderla y sustituirla por un tractor porque la mecanización suponía un mayor rendimiento con un menor sacrificio.

Esa misma temporada decidieron estrenar el tractor arando y preparando el terreno para sembrar garbanzos.

Después de todo el trajín de la siembra y de los cuidados hasta la recogida, llegó el momento de trillarlos en la era.

Ya no tenían mula, de modo que engancharon el trillo al tractor y los muchachos se subieron encima para hacer peso. Se tiraron toda la tarde subidos en el trillo, dando vueltas a la era, cuando bajaron del mismo tenían el pelo blanco de todo el polvillo que soltó la vaina al ser estrujada entre el trillo y las piedrillas de la era.

Después Elías fue el encargado de cribarlos, esto es, separar el garbanzo de cualquier impureza, y meterlos en sacos.

Los sacos los almacenaron en el altillo de una casa vieja propiedad de la abuela Boni, que anteriormente había pertenecido a sus padres, y allí se quedaron hasta que saco a saco los iban necesitando para hacer un potajito o un cocidito.

Pero sucedió que aún cociéndolos bien estaban más duros que los balines y llegó el momento de buscar responsabilidades.

Elías decía que a Justo le habían dado la simiente mala.

Justo decía que se pusieron duros de estar en el altillo tanto tiempo.

Total, que entre unas cosas y otras los garbanzos se tiraron dos años en el altillo hasta que descubrieron que los únicos que los metían mano eran los ratones, así que nunca más les dio por sembrar garbanzos.

Ese verano, Luis Miguel ya se alimentaba a base de bien.

Primero merendaba en casa de su abuela Máxima.

— ¡Hijo, a merendar! Que son las seis. ¿Qué te apetece?

— Un bocadillo de nocilla.

— Pues ven que te lo prepare.

Y después se bajaba la calle hasta la casa de su abuela Boni.

— Hijo, ¿has merendado?

— No abuela.

— Pues venga que son las seis y media. ¿Qué quieres?

— Pan con chocolate.

Así que el niño se ponía las botas y claro volvía más gordito cuando empezaba el curso escolar.

Luis Miguel también estaba atento cada vez que su abuela Boni entraba en la tienda de comestibles y a los dos segundos entraba él porque sabía que siempre le compraba alguna chuche, bien fueran unos capirotes, un flash o algún pica pica.

— ¡Mira qué tuno es! — Decía su abuela a la de la tienda.

En cuanto me ve entrar no tarda ni un minuto en venir.

Su abuela también le preguntaba por los estudios.

— Hijo, aplícate en la escuela.

— Sí abuela.

Mis padres me han apuntado a informática, inglés y futbol.

— ¡Bueno! ¡Muchas cosas me parecen a mí!

Siempre se ha dicho que aprendiz de mucho, maestro de poco.

Estos eran tiempos en los que los pueblos comenzaban a modernizarse poco a poco y la abuela Máxima tenía la necesidad de cambiar la cocina de leña por una de gas.

Llevaban ella y su hija Maribel cerca de dos años intentando convencer a Justo de que había que hacer cambios en la casa pero Justo era duro de pelar en lo referente a gastos, sin embargo al final lograron convencerlo, engañándolo, claro.

Le dijeron a Justo que costaba menos y la diferencia del precio real la pagó Maribel, aunque Máxima se lo fue devolviendo todos los fines de semana a escondidas de su marido durante al menos año y medio.

Esos veranos en el pueblo fueron imborrables.

Todas las mañanas el canto de los gallos en la madrugada.

La trompetilla del alguacil cada vez que había una noticia importante en el pueblo y tenía que dar un pregón desde el cruce de las calles más importantes.

— Piiiiiii. Se hace saber, de parte del señor alcalde, que con motivo de las fiestas patronales, el ayuntamiento...

Todas las tardes en cuanto se levantaban de la siesta, había en la casa un olor a café que impregnaba todas las habitaciones.

Los niños eran todavía muy pequeños para tomar café pero Javier ya le pedía a su madre que le dejara chupar la cuchara.

Luismito se subía en el cuatro latas de Justo, que en realidad era un renault 4 y se iban a regar las higueras.

Allí, Justo le preparaba las gomas para que solo tuviera que mudarlas de higuera en higuera mientras él se iba a otras tierras más abajo a guardar los higos.

— Hijo, tú te quedas aquí al tanto de las gomas, nada más tienes que cambiarlas de esa a esta y luego a aquella...

— Vale abuelo.

— ¡Otra cosa! Si ves que se para algún coche, para robarnos un cajón de higos, tú sales y te haces visible, que te vean bien, los das una voz y los enseñas esta escopetilla de plomos.

¿Te has enterado?

— Creo que sí abuelo, los doy una voz y los enseño la escopetilla.

¿Y si terminan las gomas de regar?

— No te preocupes que vendré antes de que termines.

Tardaré media hora.

— Vale abuelo, no tardes.

Se marchó Justo con el coche hacia las higueras de abajo y se quedó el crío regando cuando no habían pasado ni diez minutos y catapún, que allí paró un coche con dos individuos y un cajón en las manos con intención de llenarlo de higos.

— ¡No puede ser! ¡Si antes me dejan solo, antes vienen!

¡Lo primero a por la escopetilla!

¡Eh, oigan! ¡Qué hacen! ¡Suelten el cajón y lárguense de aquí! — Les trató de asustar Luismito haciéndose el valiente aunque en realidad tenía más miedo que siete viejas.

— Anda, mira el crío que valiente, si tiene una escopetilla y todo.

— ¡Váyanse! No lo digo más veces.

— ¿Y si no, qué?

— Y si no disparo.

— ¿Y nos vas a dar a los dos con un balín?

— Ostras, pues es verdad, aquí solo cabe un balín y son dos.

Esto no estaba previsto.

Pero si doy una voz sale mi abuelo que está escondido con una escopeta de cartuchos detrás de aquella loma. Porque mi abuelo tiene un coche que sube por todos los cerros.

— ¿Si? Pues yo no le veo.

¡Ven aquí niño!

Fue decir eso y Luismito salió corriendo cerro arriba como alma que lleva el diablo para coger el camino que llevaba a las tierras de abajo donde se encontraba el abuelo.

No tardó ni cinco minutos en llegar.

—¡Pero hijo, qué haces aquí! ¡Has dejado las gomas solas! — Dijo Justo sobresaltado.

— Abuelo, es que ha parado un coche.

— ¿Qué ha parado un coche? ¿Y los has dejado allí?

— ¡Haber, qué iba a hacer!

— ¿Qué ibas a hacer? Pues echarlos.

¿No te he dicho que sacaras la escopetilla?

— Sí, pero es que eran dos y solo tenía un tiro.

— Bueno, pero con ese disparo los asustas.

— Ya, pero es que tampoco me has enseñado a disparar.

— Ale, ¡a hacer puñetas!

Vaya fallo, pero eso me lo tienes que decir antes.

Monta en el coche, vamos a ver si pillamos a esos dos sinvergüenzas.

Pero cuando llegaron, los dos pillos ya se habían largado con el cajón lleno. No obstante Justo no se quedó tranquilo y le hizo un interrogatorio al muchacho.

— Hijo, ¿te fijaste en al color del coche?

— Sí era blanco.

— ¿Y cómo eran los dos tipos?

— Eran grandes y uno de ellos tenía tripilla, barba y bigote.

— Me suenan. Creo que el vecino de las tierras de arriba los pilló la semana pasada haciendo la misma faena.

— ¿Y qué vamos a hacer, abuelo? ¿Vamos a la guardia civil?

— Deja a los civiles en paz, que tendrán mucho jaleo.

A estos dos pájaros los espero yo con el puño cargado, no creo que tarden en reaparecer. — Masculaba Justo con cara pensativa.

Mientras tanto Justo decidió enseñar a disparar a Luismito con la escopetilla de plomos.

Sacrificó una sandía del huerto y dibujó un circulo con la uña.

— Ale hijo, toma una caja de plomos y a ver si los disparas dentro del círculo a una distancia de diez pasos.

Lo que pasa es que el niño todavía no tenía mucha fuerza para sujetar la escopetilla y esta se le movía tanto que lo tuvo que dejar a los diez minutos.

Al día siguiente decidió probar apoyándose en el respaldo de una silla y le fue mejor.

Varios días después, Justo se enteró que los dos roba higos eran de un pueblo cercano y lo comentó con los linderos de sus tierras.

— Qué hacemos Justo, ¿vamos por ellos? — Preguntaron sus vecinos linderos preocupados.

— ¡No! Sabiendo quienes son lo único que hay que hacer es esperarlos aquí a que vuelvan, porque estoy seguro que volverán a hacer la faena.

— ¿Y no sería mejor buscarlos allí en su terreno?

— ¡Ni se os ocurra! — les contestó Justo. — Conozco bien a los de ese pueblo y se cómo actúan.

Si les preguntas quien son dentro de su jurisdicción te lo dicen seguido de la expresión:

¡A mucha honra y con dos cojones!

Pero si los coges fuera de su jurisdicción la situación cambia como de la noche al día. Esos cojones se les quedan como a los tigres, pequeñitos y pegados al culo. Te dicen:

¡Sí señor, para servirle a Dios y a usted!

Así que señores solo nos queda esperarlos a que vuelvan.

— ¡Esperaremos pues!

De modo que después de la jornada de trabajo todos los propietarios de terrenos de la zona no aguardaban a dormir la siesta después de comer y volvían directamente a las fincas a descansar en unos chozos que construyeron ellos mismos con cañas.

No tardaron ni una semana en hacerse presentes.

Luis Miguel era el encargado de hacer la vigilancia desde lo alto de la loma mientras los demás descansaban.

— ¡Despierta abuelo! ¡Ahí está el coche otra vez!

— Pues esta vez no se escapan. — Dijo Justo entre dientes.

— ¡Vamos por ellos! — Se levantaron los vecinos.

— ¡No! Dejemos que llenen bien el cajón. — Les advirtió Justo mientras hizo un gesto para que volvieran a su puesto.

Démosles cinco minutos "de cortesía". Pasado ese tiempo actuaremos.

— ¡Bueno, se acabó!

¡Alto ahí! ¡Quienes son ustedes! — preguntó Justo.

— Pues nosotros somos los hijos del dueño de estas tierras.

— ¡Anda la ostia! Ahora resulta que tengo dos hijos y yo sin enterarme.

128

¡Vosotros sois dos sinvergüenzas de marca mayor!

¿Y qué es lo que lleváis en ese cajoncito?

— Pues unos higos que nos han dicho que vengamos aquí a recogerlos.

— Pues fijaros lo que son las cosas. Venís a nuestras tierras a llevaros nuestros higos y en cambio os vais a llevar unas manos de ostias. ¡Lo que es la vida! — Les dijo Justo con una voz solemne.

— ¡Corre! ¡Suelta el cajón y métete en el coche que la cosa se pone fea! — le dijo a su compañero.

— ¡Eso, eso! Coged el coche y largaros de aquí porque como volváis sus vamos a despellejar vivos, ¡copón!

Si lo que digo yo, hijo, una ostia a tiempo hace milagros, métetelo en la cabeza.

Y no se los volvió a ver el pelo por la zona.

Ya en el pueblo, se daban un baño antes de cenar y después los críos salían a jugar con otros muchachos a la plaza mientras que los padres y abuelos salían a tomar el fresco a la puerta de casa o a la puerta de otros vecinos a formar tertulias.

Jugaban al rescate, a liebre, al escondite, a churro media manga, en fin a juegos que los agotasen físicamente y los permitiese dormir mejor en las calurosas noches de verano.

Había un día cada verano que llegaba al pueblo un cine ambulante y casi todos los críos acudían la plazoleta donde se ponía el proyector. Era muy barato, solía costar unas cien pesetas, pero la mayoría de los muchachos trataban de ver la película sin pagar ocultándose entre los setos.

Lo malo era que si los descubría la señora del dueño del cine, los agarraba de las orejas hasta que se cansaba y sus padres sabían que había intentado colarse porque llegaba con las orejas coloradas y allí quizá les tocara otro escarmiento.

La hora de acostarse era temprana porque a la mañana siguiente se madrugaba para echar una mano en las tareas del campo. Venía siendo a las once u once y media de la noche.

Cada vez que Máxima buscaba a Javier para acostarlo le decía:

— ¡Dónde vas ratón vaquero!

Vamos, que mañana hay que madrugar.

Siempre había algo que hacer por muy pequeño que tu fueses.

Pequeñas tonterías que en conjunto hacían que a los mayores les cundiesen más las tareas.

Luis Miguel tenía nueve años y sus padres le apuntaron en un equipo de futbol en su barrio.

Javier lloró porque quería que lo apuntasen también pero no lo hicieron porque era pequeño todavía y no tenía fuerza para golpear el balón.

La verdad es que el equipo estaba compuesto en su mayoría por los mismos vecinos del edificio y se compenetraban bastante bien, tanto que la primera temporada lograron quedar subcampeones de liga al perder el último partido contra los campeones en el último minuto por un gol que les anularon al tirar una falta indirecta al borde del área de forma directa.

El árbitro lo anuló inmediatamente pero ellos le dijeron que había rozado en la camiseta de un componente del equipo rival que se puso en la barrera. Lógicamente el gol no subió al marcador y se enfadaron tanto que fueron diciendo por ahí que el patrocinador del equipo rival había sobornado al árbitro con el producto que anunciaba en la camiseta, con ropa vaquera.

La moraleja de esta historia es que también hay que saber perder.

En el colegio los profesores fomentaban bastante el deporte entre los alumnos, apenas había niños obesos, si acaso un gordito por cada 50 niños, y se le llamaba gordito por no estar tan delgado como el resto de niños, no porque realmente estuviera gordo, porque apenas había uno o dos en todo el colegio.

Gran parte de culpa de que los alumnos cogieran afición por el baloncesto fue del profesor Don Ramón, el cual logró coger un equipo de chicos que jugaban al futbol, reconstruirlo y hacerlo campeón escolar del municipio.

Fue probablemente una de las mejores generaciones de baloncestistas del colegio al que Luis Miguel perteneció junto con Galán, Victor, Rafa, Alamo, Paco y algunos más.

En aquellos tiempos el patronato municipal organizaba carreras entre todos los colegios y Luis Miguel se veía obligado a participar por pertenecer al equipo de baloncesto del colegio.

Aunque jugaba bien al baloncesto sin ser el mejor, eso de correr por correr no era lo suyo. Decía que correr es de cobardes.

Referente al expediente escolar, era un niño bastante aplicado, rozando lo empollón.

En alguna ocasión se vio envuelto en percances con chicos repetidores aunque eso no era muy frecuente, lo que pasa es que el niño era más tierno que un espárrago.

Recuerdo que una vez le tocó sentarse al lado del pivón de la clase y cuando sonó la sirena de vuelta del recreo le quitó el sitio un repetidor.

— Ese es mi sitio, Cabrera. — Le dijo Luis Miguel sin mucha convicción.

— ¿Que es tu que?

— Que....es mi....sitio.

— Bueno, pues ahora es el mío, ¿no lo ves?

— Ya pero la seño va a venir y yo me tengo que sentar en mi sitio.

—Bueno pues te esperas que estoy hablando.

— Jolín ya está aquí.

— ¡Que te calles! Pin pin.

A todo esto, la profesora entró por la puerta.

— Luis Miguel ¿Se puede saber que haces de pie?

El niño miró al usurpador.

— Es que....— Luis Miguel no era capaz de terminar la frase.

— ¡Cómo digas algo te enteras! — le susurró Cabrera desde la silla.

— Seño, es que...Cabrera me ha quitado el sitio. — Replicó Luis Miguel con la cabeza agachada.

— ¡Cabrera, fuera de clase y castigado todo el día! — Ordenó la profesora.

Y al final todo termina con la peor amenaza que le pueden decir a un niño en el colegio. Cabrera abandonó la clase pero antes pronunció las palabras que ningún niño quiere oir:

— Chaval ¡A la salida te espero!

En otra ocasión le sentaron delante de otro repetidor en un examen de lengua y a mitad del examen, el temido Solana se avalanzó sobre su mesa en un descuido del profesor y le quitó el examen.

— ¡Cómo digas algo te rajo!

La verdad es que eran expresiones que se decían antes pero sin ánimo de llevarlas a cabo.

Al final del examen la profesora Tina descubrió el engaño y casi suspende a los dos y Solana creyó que Luismi se había chivado y juró venganza.

El tutor tenía la costumbre de sentar a los chicos por orden de notas y Luismi estaba siempre de los primeros junto con Bea y David.

A la inversa sucedía algo similar, al final solían estar los mismos durante todo el curso escolar.

Un día entró la señorita Tina en clase y dijo:

— ¡Vaya, os han vuelto a recolocar otra vez!

— Si seño. — Respondieron los niños.

— Y también veo que no hay grandes cambios.

Cabrera, tu sigues otra vez en el mismo sitio, el último.

— ¡Sí, ya! Pero los últimos serán los primeros. — Dijo Cabrera haciéndose el gracioso.

— Sí, en suspender. — Dijo la profesora colocándose las gafas al mismo tiempo que habría el libro de lengua.

Y así fue, una vez más, la profesora acertó en sus predicciones.

En una de las carreras escolares organizadas por el patronato entre todos los colegios del municipio a mitad del curso, se dio la circunstancia de que Luismito quedó entre los veinte primeros clasificados y el segundo de su colegio.

Este caso asombroso sucedió porque en la linea de salida se encontró con el famoso repetidor Solana, que todavía tenía fresca su venganza. De modo que luismi corrió como nunca lo había hecho antes, hasta el punto que una vez terminada la carrera siguió corriendo hasta que llegó a su casa.

— Ufff, por los pelos. Otra vez será, Solana.

Hay que decir que no todos los repetidores eran malotes.

También los había majetes y normales que no se aprovechaban de los pequeños, como mi amigo Fran, lo que sucede es que esos solían ser más bien blanditos, más que la mantequilla.

Al final del curso se hacía una fiesta en el colegio un fin de semana.

La fiesta la organizaba el colegio y la asociación de padres de alumnos y se encargaban de hacer unas tortillas, croquetas y demás para que los chicos y chicas merendaran y pasaran la tarde divirtiéndose en el patio todos juntos.

Sucedió que Luis Miguel iba con su amigo Jose Angel, algo bocazas y bacilón aunque era buen tío y algo bajito para su edad.

Como no podía ser de otra manera, allí también estaba Solana.

¡El puñetero Solana!

— ¡Qué pasa chavales! ¿Dando una vuelta por el cole?

— Pues ya ves.

— Y eso que lleváis ahí, qué son, ¿patatas?

— Pues ya me las estáis dando.

— Si tienes pelotas vienes a por ellas. — Responde Jose Angel.

— No me fastidies Jose Angel, que ya tengo bastantes lios con este. — Dijo Luis Miguel.

Y en ese momento Solana se avalanzó sobre ellos y les quitó la bolsa de patatas, comiéndoselas volcando la bolsa sobre su boca y derramando algunas que no le cabían. Comía con una angustia desmedida.

A lo que Jose Angel le dice a su compañero:

— Luis Miguel, debíamos ir al kiosco a comprar otra bolsa para nuestro amigo Solana. Es una pena que pase tanta hambre el pobrecito.

Lo siguiente que recuerda Luis Miguel fue que llegó corriendo a su casa una vez más.

Llegando la primavera y el buen tiempo, lo que más le gustaba a la familia era ir al pueblo los fines de semana.

Aprovechaban para salir al campo a buscar espárragos.

Solían salir nada más comer, a las dos como siempre y competir a ver quien era el que traía el manojo más gordo.

Por un lado salían Justo e Isabel (padre e hija), y por el otro salían Elías con sus dos hijos, Luis Miguel y Javier.

Máxima solía quedarse en casa, estaba cansada de campo.

Casualmente a Justo y a Elías no les gustaba perder y menos aún si el otro era el rival. De modo que Elías trataba de asegurar la victoria adelantándose esa misma mañana unas horas antes de salir todos juntos.

Cortaba algunos manojillos y los dejaba escondidos en botes con agua. Así por la tarde sumaba los que cogían los tres, más los que tenía por la mañana.

En esa ocasión Elías no ganó ni por esas, claro que había una explicación.

— Abuelo, eres el rey de los esparragueros. — Dijo Luis Miguel, levantando los dos brazos con los puños cerrados.

— Sí, bueno, os hemos ganado pero no ha sido fácil, tu padre es un rival duro.

De echo os hemos ganado por poco.

— Ya, pues el próximo día quiero ir contigo.

— Ven, calla, que te voy a contar un secreto.

— Dime, abuelo.

— Tú sabes que no me gusta perder contra tu padre, ¿verdad?

— Sí, lo sé.

— Pues esta mañana, al amanecer, he salido a cortar unos manojos para darnos un poco de ventaja, pero no se lo digas a tu padre.

— Tranquilo, abuelo, si mi padre ha echo lo mismo.

— ¿Eh? Ya decía yo. ¡Tu padre es un tramposo!

— Ya abuelo, y tú también.

Aunque Luis Miguel contaba con solo doce años conocía bien el monte porque lo había atravesado cientos de veces subido en la mula de su abuelo Justo.

Años atrás iban los dos en compañía de otro nieto de Justo atravesando dicho monte al caer la tarde.

— Bueno, bueno, muchachos. Se nos echa la noche encima. — Dijo Justo esperando la reacción de sus dos nietos.

—Abuelo, vamos a volver a casa, ya. — dijo el otro nieto.

—Bueno, bueno, no sé si nos va a dar tiempo. Lo mejor es que nos hagamos un chozo y nos quedemos a dormir. — Dijo Justo guiñandole un ojo a Luis Miguel.

— ¿Aquí en el monte? No abuelo, seguro que hay lobos. — Dijo el nieto.

— Y qué, si se acerca alguno le damos un estacazo.

Para entonces Justo le había guiñado otra vez el ojo a Luis Miguel como signo de complicidad de que era una broma lo que le estaban gastando al otro nieto. Aún así luismi no tenía miedo porque sabía que estaba seguro con su abuelo y porque también sabía que en ese monte no había lobos ni nada parecido.

— ¡No, abuelo! Vámonos a casa que tengo mucho miedo. Suplicaba de nuevo el nieto.

Y se puso a llorar como si le arrancaran una pierna.

— Tranquilo hijo, que es una broma, pero recordar una cosa, no temáis nunca a nada ni a nadie.

Tres años más tarde Luis Miguel era todo un mocito.

Su abuela Boni le daba todo lo que le pedía aunque aveces se enfadaba porque decía que conocía más a la familia de materna que a la paterna y culpaba en cierto modo a su madre.

Su abuelo Fermín ya iba estando anciano ya que se llevaba ocho años de diferencia con la Boni, pero seguía teniendo el mismo genio y nervio que cuando era joven.

En su casa se comía con agua porque la Boni decía que ya estaba torpe y no le dejaba tomar vino, así que Fermín aprovechaba cualquier descuido de su mujer para acercarse a la taberna a tomarse un trago.

— ¡Jose! Anda, ponme un chatito de vino. — Decía Fermín, dando repetidos golpes con la mano abierta en la barra.

Había días que Luis Miguel andaba por la calle de la taberna y veía entrar a su abuelo, al que rápidamente le reprendía.

— ¡Abuelo! ¡Que no puedes beber vino! ¡Que es malo!

— ¿Qué es malo? ¿Dices que el vino es malo? ¡Muchacho, no sabes lo que dices!

— La abuela dice que es malo.

— ¡Que es malo! ¡Qué sabrá la abuela!

¡Malo es el agua! ¡Fíjate si es malo el agua que rompe los caminos! ¡Y ponme ya ese chato, Jose, copón!

— Bueno pero solo te tomas uno o se lo digo a la abuela.

— De acuerdo, hijo, pero siéntate y vamos a disfrutar del momento. Por cierto, ¿tienes novia?

— No abuelo, yo paso de eso.

— Pues ya va siendo hora. A ver si vas a ser de esos que los gustan los hombres.

— No abuelo, es que yo paso de las chicas, me lo paso mejor con mis amigos.

— ¡Qué bolo eres! Toma quinientas pesetas y convida a esa moza a un refresco o a un helado.

— Pero abuelo, que esa no me gusta.

— ¡Y que más daaaaaa! ¡Tú convídala!

— Abuelo, ¿A cual de esas dos invito entonces?

— ¡Joder! ¡Pues a la gordita, porque es mejor, hazme caso, tienen donde agarrar! Además en invierno dan calorcito y te puedes arrimar. Son todo ventajas.

— Sí, sí, ya veo.

— Mira hijo, te voy a dar un consejo. Un hombre no debe casarse con una mujer mucho más lista que él porque si no puede darse por jodido. Hará con él lo que quiera. Y viceversa, claro está. Búscate una más o menos como tú.

— Muy bien abuelo, nos vamos a comer, que ya es la hora.

— Coño, que prisa tienes, ¡si aquí estamos bien!

— Estará ya la abuela echándote en falta y luego me tocará mentir.

— Venga pues. Ayúdame a levantarme que ya estoy viejo.

En cambio tú estás fuerte, estás casi en la flor de la vida.

— Sí, bueno, lo que tú digas.

— El hombre cuando más fuerza tiene es entre los dieciocho y los veinticinco años, no lo olvides, luego uno va hacia abajo.

— Pensaba que sería hasta los treinta.

— No hijo, no. Hasta los veinticinco está el tope máximo.

¡A mí con veinticinco años no me podía nadie!

¡Te he contado la ostia que le dí al tío conejo!

— Como veinte veces o así.

— Mira que se lo advertí, coge bien al caballo que va a tirar a mi padre. Me cago en tó, pin, pan, pin, pan.

— Ale, abuelo, veintiuna.

Luego, en casa, tocaba lidiar con la abuela.

— Ya estamos aquí, ¡a ver donde está la comida! — Exigía Fermín.

— ¡Hay qué leche! ¡Si ya está aquí el exigente!

¡Cómo que donde está la comida! ¿La has echo tú acaso? — Le reprendía Boni.

— ¡Joder, es que tengo hambre!

— Pues no será de lo que has trabajado hoy.

De la taberna seguro que no tenías prisa en venir.

— Y tú que sabrás de donde venimos.

— Lo sé porque cuando vienes de la taberna vienes bien flamenquito y cuando te quedas aquí sin salir no dices ni mu.

— ¡Mu! — Dijo desafiante Fermín.

— ¡Pero que hablaor eres! — Dijo la Boni, que de buena gana le dejaría sin comer pero al final se la iba la fuerza como a la gaseosa.

Y así hasta la siguiente escapada.

Cada vez le costaba más salir a Fermín por la falta de reflejos y porque iban quedando pocos quintos suyos. La edad no perdona.

Dos años más tarde, la abuela Boni falleció.

— Hay que ver, hijo. — Le decía a su nieto Luis Miguel.— Me caso con una mujer más joven para que me cuide hasta que me muera y ahora resulta que se muere ella antes que yo.

Estando recién fallecida y de cuerpo presente, algunas sobrinas de la Boni buscaban por los cajones mientras sus hijos y nietos la velaban.

Otras sobrinas lloraban amargamente como si no hubiera un mañana.

Fue curiosa la conversación del abuelo con una de las sobrinas.

— Mari, tranquilícese, mujer, si esto es ley de vida. A todos nos llega tarde o temprano. — Le decía Fermín a su sobrina.

— Hay Fermín, ¡qué pena!

— Sí, ya sé que usted la quería pero llorando de esa manera igual se ahoga usted. Tranquila, mujer.

— ¡Pues voy a seguir llorando porque alguien tiene que llorar a mi tía!

Y volviendose hacia su nieto Luis Miguel, le dijo en voz baja:

— Mira lo que me ha respondido la gorda.

Llegó la noche y como el salón de la casa era recogidito, se hicieron turnos para cenar.

Resultó que la sobrina que más lloraba, la Mari, acercó a la mesa una cacerola en la que había comida por lo menos para tres personas, que había traído de su casa.

Sacó una cuchara y se dispuso a comer directamente de la cacerola sin necesidad de echarlo en un plato.

Al abuelo no se le escapó ese detalle.

— ¡Mira! ¡Mira como come la Mari!

Pronto se la ha pasado la pena. — Decía Fermín alzando las dos cejas al mismo tiempo.

— Vaya cazuela, ¿eh abuelo?

Imagino que dejará algo para su marido. — Susurró Luis Miguel.

— Pues no sé hijo, porque ya lleva más de la mitad y sin bajar el ritmo.

— Se la come, se la come enterita. — Volvió a susurrar Luis Miguel mientras miraba a su abuelo Fermín.

— ¡Ostias, como come la bicha! — Soltó el abuelo Fermín con risa nerviosa.

En quince minutos se la terminó de un plumazo.

El abuelo y el nieto estaban ojipláticos con el espectáculo que acababan de presenciar.

— ¿Qué te apuestas abuelo, a que ahora vuelve a llorar a la abuela?

— Si llora será porque se la ha terminado la cazuela y no queda más. Dijo Fermín irónicamente.

Dicho y echo.

— Pues no sé lo que esperan encontrar dentro de los cajones pero mañana van todas fuera, ¡a tomar por culo de aquí! — Aseguró Fermín a su nieto.

Meses más tarde, otra de las sobrinas merodeaba por la casa con más atenciones de lo normal.

— Abuelo, ¿qué hace esta por aquí? Si antes no venía casi nunca.

— No sé. Esta quiere algo pero yo me hago el tonto y que me vaya cuidando. ¡Dame pan y dime tonto! Ja, ja.

Si piensa que en la casa hay cosas de valor, se va a llevar una sorpresa.

Poco después le intentó comprar la casa al abuelo por cuatro duros haciéndole una oferta y pagándole una residencia, a lo que el abuelo respondió dándola un garrotazo.

El marido de la sobrina que no hizo la mili por no dar el mínimo de talla, salió corriendo según levantó la garrota el abuelo y allí dejó a su mujer.

— Voy arrancando el coche, cariño.— Dicen que dijo el pequeñín.

— ¡Mira como huyen! Hijo.— Decía Fermín.

¡Corren como conejos! ¡Esos no paran hasta Madrid!

— Sí que la has arreado bien, sí. — Dijo Luis Miguel.

— Llevaba muchos años queriendo hacer esto pero aveces hay que tragar.

De toda la familia de tu abuela, esa es la peor, la más mala.

Y el mierdilla del marido es tan tonto que para contar un rebaño de ovejas, cuenta las patas y las divide entre cuatro.

¿Me entiendes bien?

— Completamente, abuelo.

— Pues me alegro, porque hoy has aprendido una lección.

Le he dicho que no vendía porque yo no vendo, ni aunque me des mucho ni poco, no vendo.

Métete una cosa en la cabeza y que no se te olvide.

¡El que vende pierde! No lo olvides.

Al poco tiempo el mozo ya era un hombre y se sacó el carnet de conducir.

Al abuelo Fermín le gustaba salir de paseo por la carretera abajo y uno de los días que Luis Miguel subía conduciendo el coche por la carretera hacia arriba se encontró al abuelo tumbado en la cuneta.

Se llevó un susto de muerte. Paró y se bajó del vehículo.

Le tomó el pulso y vio que además no tenía temperatura.

— ¡Coño, hijo! ¡Qué haces! — Dijo Fermín tras abrir los ojos.

— ¡Como que qué hago!

¡Qué haces tú! ¡Me has pegado un susto de muerte, abuelo!

— Pues que me he bajado a dar un paseito hasta las olivas y estaba tan fatigado que me he parado. Y cuando me he parado me ha entrado sueño y me he recostado un poquito aquí que hay hierva y se está blandito.

— No lo vuelvas a hacer.

Lo primero porque puedes coger frío en el suelo y lo segundo porque creía que te había pasado algo, además del peligro que corres tan cerca de la carretera.

Ese verano con coche fue fantástico.

Libertad plena para moverse por cualquier pueblo o ciudad.

A la hora de la siesta solía ir con algún amigo a la piscina municipal de algún pueblo cercano.

Un día caluroso de agosto coincidió allí con su hermano Javi que venía en moto y un amigo que venía en bicicleta por el camino los dos juntos.

Según los vio aparecer por la puerta de entrada supo que aquella tarde no iba a ser normal ni tranquila.

Aparecieron los dos con el pelo hacia arriba y lleno de gomina, con unas gafas de sol que se las ponían en ocasiones pegadas a la frente y caminaban como Tony manero en fiebre del sábado noche.

A la entrada en el cesped, el amigo de Javi soltó la primera puya.

— ¡Tranquilas nenitas, que ya hemos llegado!

Luego se acercaron a otra chica que estaba tumbada en su toalla sobre el cesped.

— Hola guapa, no te preocupes que hablamos dentro de un rato, es que ahora vamos a darnos un baño, ¿eh? Dame 10 minutos.

Mientras se dieron el baño, llegó a la piscina el novio de la chica, que no era muy grande pero le llamaban el loco.

Cuando salieron del agua pusieron sus toallas al sol y en ese momento llegó el loco donde estaban ellos.

— ¡A ver! ¡Chulitos! ¡Qué pasa con vosotros!

— ¡Qué va a pasar! Nada. — Le respondió Javi.

— ¡Cómo que nada! Pues ahora me voy a quedar con una pieza de tu moto que me hace falta para la mía.

— ¡Y yo qué culpa tengo!

La bronca cada vez subía más de tono y parecía ir solo con Javi que era el que estaba situado primero de los dos.

— Oye, oye, ¿te importaría discutir con mi colega un metro más a la izquierda? Es que me estás quitando el sol y voy a coger un moreno irregular. — Le dijo al loco el amigo de Javi en plan chuleta.

En ese momento el loco hizo uso de su mote y hubo que sujetarle entre cinco personas, pero claro, se armó un revuelo en la piscina que todos los forasteros tuvieron que salir por patas.

Además la moto de Javi no arrancaba, así que Luismi le dijo que la pusiera enganchada con la cadena de seguridad y luego volverían a recogerla con la furgoneta de Justo.

— Déjala aquí que nos vamos en el coche.

— Vale.

— Lo malo es que tu colega se queda aquí porque la bici no nos entra en el maletero.

El amigo de Javi miró hacia la puerta de la piscina y vio que cada vez se arremolinaba más gente con ganas de bronca.

— ¡No me jodáis que me dejáis aquí tirado!

— Creo que es lo más justo. Tú empezaste toda esta bronca y además te repito que la bici no cabe.

Por unos segundos su mente se quedó en blanco y luego se le encendió la bombilla.

— ¡Se pliega! ¡La bici se pliega! Ja, ja.

¡No me podéis dejar aquí!

Tardó menos de un minuto en plegarla y echarla en el maletero.

— ¡Vámonos de aquí echando leches! — Dijo Luis Miguel, dando un acelerón al coche.

— ¡Dale caña Torete! — Dijo el amigo de Javi que parecía que seguía con ganas de cachondeo.

Al final del verano Luis Miguel y sus padres y hermano regresaban de nuevo a su lugar de residencia.

Daba una gran sensación de tristeza dejar allí a sus abuelos, a sus amiguetes y la sensación de libertad que les da el campo.

Sus abuelos Justo y Máxima aprovechaban estas fechas para hacer viajes subvencionados por el inserso para los jubilados.

Solían ir a zonas lejanas del país que no conocían como las Canarias o Baleares y si no había plazas preferían ir a Andalucía que todavía hacía calor para el mes de septiembre.

Un año, solo les dieron la opción de ir a Galicia.

No les hacía mucha gracia porque con los años la humedad y el frío no les venía bien para los huesos pero tenían ganas de salir de viaje y por cuatro perras que costaba dijeron ¡Hay que leche! Nos vamos.

Completaron el autobús con gente del pueblo y diez plazas que sobraron con gente de un pueblo vecino.

Los recogieron en la plaza y salieron hacia Galicia.

Tardaron ocho horas en llegar haciendo tres paradas. Ya se sabe que las próstatas de los viejos son impredecibles.

Una vez allí, el dueño del hotel no les recibió con simpatía.

Tenía un carácter un poco agrio.

A la hora de la cena, que era tipo buffet, no les puso flanes de postre ni nada de dulces.

Seguidamente les puso el baile. Y no eran ni las 11 de la noche cuando les quería enviar a dormir.

— Vamos señoras y señores, ¡con esta pieza terminamos! — Les dijo el del hotel.

— ¡Que coño vamos a terminar! Si llevamos una hora nada más. — Dijo el alcalde totalmente indignado.

— Vamos que mañana hay que levantarse pronto y están cansados del viaje. — Volvió a insistir el del hotel.

— ¡Mira tú el mea pilas este! El que está cansado eres tú, que no vales ni pa tomar por culo. — Replicó uno de los viejetes.

— ¿Queréis marcha? Pues vais a tener marcha. — Dijo el del hotel a regañadientes.

Así que el dueño del hotel que hacía las funciones de cocinero, de pincha disco y de prácticamente todo, les cambió los pasodobles de Manolo Escobar por música de discoteca tipo bacalao.

— ¡El bacalao ponlo con tomate, cabrón! —Dijo el alcalde.

¡Señores! ¡Vengan aquí que toca pleno! A ver, propuestas.

— Está claro que el mierda este quiere que nos vayamos a dormir pronto para salir por ahí de cachondeo. No podemos hacer nada. — Dijo uno de los concejales que también había ido a la escursión.

— ¿Qué propones tú, Justo? — Le preguntó el alcalde.

— Pues yo digo que vamos a bailar todos el bacalao ese, a ver quien se cansa antes.

— ¿Todos a favor? Pues lo dicho. ¡A bailar, copón!

Y se tiraron bailando totalmente descoordinados hasta las dos de la madrugada.

La cara del dueño del hotel era un poema.

Al principio era de sorpresa y luego tornó en cabreo, pero se la tuvo que tragar.

A la mañana siguiente se levantaron a las ocho y media y bajaron a desayunar.

El dueño les había preparado un desayuno bastante majo y les recibió en el salón sonriente y agradable.

— Buenos días señor alcalde, ¿ha descansado usted bien?

— Pues mire usted, sí que he descansado bien, falta me hacía porque el viaje fue largo y anoche bailamos a base de bien.

— Me alegro, me alegro que todo esté a su gusto.

A lo que el alcalde se dio la vuelta y se sentó en la mesa de Justo.

— Hay que ver que suavito se queda uno cuando le dan un repaso, ¿verdad Justo?

— Y que lo diga señor alcalde.

Terminaron de desayunar y subieron a sus habitaciones para darse una ducha rápida antes de salir a una excursión.

— ¡Me cago en la madre que lo parió! ¡No sale agua caliente! — Exclamó el alcalde más cabreado que una mona.

El alcalde cogió el teléfono que había en la habitación y se puso en contacto con recepción.

— Mire señorita. Que le diga al dueño que no sale agua caliente.

— Sí, ya lo sé señor. Me tienen colapsada la centralita.

Dice el dueño que esta mañana temprano se rompió la caldera y no la arreglarán hasta la tarde.

— Maldito cabrón, cómo nos la ha jugado.

Habrá que pensar en algo para devolvérsela esta noche. — Pensó el alcalde para sí mismo.

Así se tiraron los cinco días que duró el viaje.

Se lo pasaron mejor buscándole las cosquillas al dueño del hotel que visitando la zona, porque ya iban bajando las temperaturas y no les gustaba salir demasiado con el frío.

En el mes de Septiembre Luis Miguel empezó la universidad.

Al principio le tentó el equipo de rugbi pero no le convenció porque jugaban un partido en la cancha y otro en los bares y les tuvo que dar negativa a pesar de su gran físico, era una vida un tanto desordenada.

La tuna también intentó incorporarlo pero no se veía llevando mayas por la calle de otra manera que no fuera para hacer deporte.

Los fines de semana seguían bajando al pueblo y los abuelos ya iban siendo mayores, sobre todo Fermín, que contaba con 83 castañas y empezaba a necesitar ayuda para salir de casa.

Cada vez que alguien del pueblo fallecía, el abuelo Fermín se ponía malo pensando que él podía ser el siguiente y más malo se ponía cuando se moría alguien de su quinta.

Al final los enterró a todos.

En el verano de 1999 murió Máxima y a los dos días murió también Fermín, de un infarto, quizás provocado por la angustia de la noticia del fallecimiento de la mujer de su consuegro.

Se quedaron los dos a las puertas de la entrada del nuevo siglo.

Se daba la bienvenida a un nuevo siglo y un nuevo milenio y había todo tipo de teorías y conjeturas, la mayoría catastrofistas.

Unos decían que se volverían locos los sistemas informáticos y de comunicación. Otros decían que se produciría el fin del mundo por la caida de un meteorito. En fin, tontunas varias.

Al final no pasó nada. La mayoría de la gente tuvo un fiestón la noche de año nuevo, como usos y costumbres.

Con 25 años Luis Miguel estaba físicamente muy en forma. Tenía la ventaja de que con poquito que trabajara el físico se ponía echo un fenómeno. Algunos lo llaman genética.

Con estas aptitudes se introdujo en el deporte del Triatlón y comenzó a competir en campeonatos y todo tipo de cross populares aunque al principio estaba muy por debajo de la gente que se dedicaba a competir en estos deportes incluso de forma aficionada.

El primer cross que corrió en una universidad con su amigo Abri fue una pequeña decepción.

Corrían cerca de 90 participantes.

Ya en el calentamiento se veía que había un buen nivel por el físico de la gente presente, se los veía corredores auténticos excepto ocho o diez que estaban algo pasados de kilos y se veía que irían a participar por echar la mañana, en plan diversión.

— ¿Cómo lo ves Luismi?

— Pues lo veo, Abri, lo veo.

Creo que podemos quedar de los del medio o así. El cincuenta no estaría mal.

— Sí, tienes razón, pero imagina que lo petamos y ganamos.

Podría ser, mínimamente, pero podría ser.

— Sí bueno, podría ser si se sucedieran noventa desgracias consecutivas. — Le dijo Luis Miguel partiéndose de risa.

Se dio la salida y Luismi tardó poco en coger el tren de cola.

Se daban dos vueltas de dos kilómetros a un circuito de campo.

Había dos cuestas arriba enormes con su correspondientes bajadas en cada vuelta.

Ya en la primera subida empezó a sufrir y en la segunda empezó a pasarlas canutas.

Se quedó entre los veinte últimos por delante de un chico gordito que no sabe cómo pero no conseguía deshacerse de él.

Y para colmo el gordito le adelantaba en las cuestas abajo.

Su entrenador que estaba viendo el desarrollo de la carrera apoyado en una valla de publicidad le animaba o desanimaba cuando le veía pasar.

— ¡Vamos Luismi, ostias! ¡Coge el rebufo del gordito! — Le decía en las cuestas abajo.

— ¡Córtale la cuerda! ¡Que lo llevas enganchado! — Le decía en las subidas.

De manera que Luismi se fue desanimando y convirtió la carrera en una cuestión de amor propio en la que daba igual si quedaba el setenta o el ochenta. Su única misión era ganar al gordito.

Le costaba asimilar que podía quedar por detrás de un tipo que le sacaba veinticinco kilos de peso como poco.

Y al final quedó justo por delante de él claro que llegó en unas condiciones que podrían considerarse lamentables, tanto que estuvo a punto de pedir una botella de oxígeno.

Los fines de semana que no tenía competiciones deportivas continuaba yendo al pueblo a ver a su abuelo y si hacía buen tiempo salía con su padre de caza.

A Luis Miguel no le gustaba mucho matar animalitos y poco a poco fue quitándosele el gusanillo de la caza, en cambio Elías no perdía la ocasión de salir al campo a cazar en cuanto se abría la veda.

Un fin de semana bastante soleado del mes de septiembre salieron los dos al campo a cazar unos conejos. Elías como cazador y Luis Miguel como acompañante.

A media mañana no llevaba más que tres piezas y luis Miguel estaba cansado de andar y andar por los cerros, así que le propuso a su padre volver al coche.

Elías no había tenido bastante todavía y le dijo a su hijo que se fuera yendo él, que iba a atravesar un barranco y se volvía en una hora.

Y así hicieron los dos.

Elías escopeta en mano se dirigió hacia el barranco y Luis Miguel volvió hacia el coche que debía estar a un kilómetro de allí.

Pasaron dos horas y Elías no volvía.

Luis Miguel preocupado salió a buscar a su padre al lugar donde se despidieron la última vez, al pie del barranco y lo llamaba a voces.

— ¡Elías! ¡Elías! — Gritaba Luis Miguel en todas las direcciones.

Atravesó todo el barranco hasta que halló contestación.

— ¡Aquí! ¡Aquí estoy!

— Joder macho, ¡con que volvías en un hora!

¿Se puede saber qué haces ahí tumbado? — Le replicó Luis Miguel con un enfado monumental.

— ¡No me puedo mover! — Dijo Elías con voz temblorosa.

— ¿Y eso? ¿Te has caido?

— ¡No! Creo que me ha dado un pinzamiento en la columna y me recorre hasta la pierna.

— ¡Joder! ¿Se puede saber cuantos conejos llevas enrollados a la cintura? — Dijo Luis Miguel a la par que pensaba: ¡Que vamos a hacer con este hombre!

— No sé, quince o veinte.

— Negativo, padre. Lleva usted veintiseis conejos a cuestas así que no me extraña que le haya dado un pinzamiento.

— Lo siento hijo, me he cegao.

— Ya, ya, te has cegao. Es que nunca te ves harto.

Le tocó llevar a su padre acuestas hasta el coche y luego volver a por los conejos.

Llegaron a comer a las tantas y Justo ya estuvo todo el día de morros.

Aunque luis Miguel tenía éxito con las chicas y mantuvo algunas relaciones formales, no tuvo ninguna relación realmente seria hasta que conoció a Ana.

Anita para Justo.

Ana era una chica atractiva, morena, de estatura media, inteligente. Sin capital económico pero con la cabeza bien amueblada.

Estuvieron seis años de novios hasta que decidieron casarse y comprarse un pisito en Toledo.

Tres años después Ana se quedó embarazada.

Al año de casarse la gente del pueblo ya rumoreaba sobre si no valían para tener hijos, en fin, los chismes de los pueblos.

Y veinte días antes de lo esperado Ana dio a luz a un niño que le pusieron de nombre Alejandro. Alejandrito para Justo, como no podía ser de otra manera.

Antes de nacer le preguntaban a Luis Miguel que a quien se parecería y el respondía de forma chistosa.

— Si sale guapo, se parecerá a la familia del padre y si es feo, a la familia de la madre, ja, ja.

Pero el caso es que el niño cuando nació no era nada guapete, la verdad, sino más bien tirando a feito, quizá provocado por el estres del nacimiento, aunque a los tres meses estaba guapo y simpático, siempre sonriendo.

Era un bebé comprometedor.

Los padres tampoco le sacaban un parecido a nadie en especial.

Solo en el hoyito de la barbilla.

Tenía el hoyito en la barbilla igual que su padre, su abuelo y su bisabuelo.

Así que podríamos decir que, o el gen de la madre varía mucho la situación, o la saga continúa.

Pero esa historia le corresponde escribirla a él.

AGRADECIMIENTOS

Quiero agradecer este libro a todos aquellos que han aportado algo a mi vida.

A las personas que aportaron algo positivo porque serán la fuente de mis recuerdos en el futuro y a las personas que aportaron aspectos negativos porque gracias a ellos he aprendido como no se debe de actuar.

Gracias a mi madre por estar siempre pendiente de mí, a mi padre por aportar serenidad y templanza a mi vida, a mis abuelos por su sabiduría y a mis abuelas por todo el cariño que me dieron.

Gracias a mi esposa por ser el pilar en el que me apoyo cuando me tambaleo y a mis hijos porque son la luz que ilumina mi alma, lo más bonito que me ha pasado después de mi matrimonio y lo que más quiero en el mundo.

Gracias a mis amigos de la infancia, a mis amigos del colegio, a los de la universidad, a mis amigos del pueblo y a los del barrio. Las hemos liado pardas, ¿eh?

Gracias a mi hermano por crecer conmigo y ser mi cómplice.

Gracias a mis suegros, cuñadas y cuñados.

Gracias a todos los profesores que tuve porque de todos aprendí algo aunque tardara tiempo en darme cuenta.

Gracias a todos los familiares que me apoyaron o ayudaron en algún momento complicado de mi vida.

Y por último dar las gracias a todos los que me tratan con frecuencia por aguantarme tal y como soy, con mis defectos y virtudes, según el día.